「あ……ん……」
鎖骨のくぼみに強く唇を押しつけられ、
シャルロットの唇から自分のものとは思えないほど
甘ったるい声が漏れた。
自分の唇が発したはずなのに、まるで誰か別の人の声みたいだ。
「ここが……気持ちがいいの？」

策士な王太子の溺愛包囲網

～婚活中の公爵令嬢は逃げられません!～

水城のあ

Vanilla文庫

策士な王太子の溺愛包囲網

婚活中の公爵令嬢は逃げられません！

Contents

イラスト／夜咲こん

1

新緑の季節。ベルジェ公爵の娘シャルロットは庭の手入れに勤《いそ》しんでいた。

昨夜はひどい雨で、領地の水路が溢《あふ》れそうになっているという知らせにハラハラしたが、なんとか事なきを得たらしい。来年の予定に水路の整備を加えるように管理人に言わなければと思いながら、シャルロットの手はせっせと雑草を摘み取っていた。

庭の木々はまだ水を含んでいて、日差しに映えキラキラと輝いている。ただ普通の貴族の屋敷とは少し違い、そこは美しい花々が咲き乱れる庭園ではなく、たくさんの草、主に薬草が所狭しと植えられている場所だった。

もともとは屋敷の料理人と庭師が料理用のハーブを植えていたのだが、いつの間にかシャルロットの手に委ねられ、規模も年々大きくなっていた。

バジルやカモミール、タイム、ミント、ローズマリーのような一般的なハーブからオオバコ、ドクダミ、ゲンノショウコといった薬になるものまで栽培されており、近隣の領民たちはちょっとしたことなら公爵家の庭から分けてもらった薬草で済ませてしまうほどだ。

「ふう」

シャルロットは吐息をつきながらゆっくりと立ち上がった。ずっとしゃがんで作業をしていたから、いつの間にか膝と腰が痺《しび》れてしまっている。身体を解《ほぐ》すために大きく伸びをしたときだった。

ふわり。心地よい初夏の風がいたずらをしてシャルロットの庭仕事用の古びた麦わら帽子を攫《さら》う。

「あ！」

小さな叫び声と共に、帽子の下から誰もがうらやむ見事な金髪と夢見るような菫色《すみれいろ》の瞳、そして透き通った白い肌が露《あら》わになる。まるで人形のように整った顔立ちは一見無機質にも見えるが、果実のようにつるりとした赤い唇が生気を添えていた。

シャルロットが帽子を追いかけるために身を翻すと、そこには麦わら帽子を手に笑顔で歩いてくる青年の姿があった。

シャルロットよりも少し暗いが血の近さを感じさせる艶のある金髪に碧《あお》い瞳。シャルロットは見知った青年の姿にホッとして大きく手を振った。

「ジョエレ‼」

青年はピョンピョンと跳ねる少女に向かって軽く手をあげると、ゆったりとした歩調を崩さずにシャルロットの前まで歩いてきて、大仰な仕草で膝を折り古びた麦わら帽子を差しだした。

「どうぞ、僕のお姫様」

その仕草は他の誰にも真似《まね》ができないほど洗練されている。さすがはこの国の世継ぎの王子だとシャルロットは微笑《ほほえ》んで帽子を受け取った。

ジョエレはこのランブラン王国の長子で、シャルロットにとってははとこにあたる。シャルロットの祖父とジョエレの祖父が兄弟なので、ベルジェ公爵は王族のかなり近しい縁者なのだ。

王族特有の艶のある金髪に貴族的な美しい鼻筋、その瞳は金髪と最も美しい組み合わせの碧で、切れ長の目が凜々《りり》しい。

年は今年で二十七になるはずで、十八歳の成人を迎えたばかりのシャルロットとはちょうど九つ年が離れていた。

「ありがとう」

シャルロットはお礼を言うと帽子をさっと頭の上に被《かぶ》せて、今度は簡単に吹き飛ばされないように顎の下でしっかりとリボンを結んだ。

「今日のご機嫌はいかがかな？」

ジョエレは微笑むシャルロットを眩《まぶ》しそうに見つめると、頬《ほお》に優しく口付けた。

「とてもいいわ。今日はいつもより早いのね」

ジョエレは週に一度、多いときは二度ほど公爵邸を訪ねてくる。毎回シャルロットのためになにかしらの手土産を携え、午後のお茶に間に合うような時間に姿を見せることが多い。

しかし今日はまだお昼前で、普段なら彼が姿を現す時間ではなかったから、シャルロットはなにか特別な用事があったのかと思ったのだ。

「昨夜は雨がひどかっただろう？　君が心配で早く出てきたんだ。公爵家はなんの被害もなかった？　前に屋根裏の雨漏りがひどいと話していたから気になってね」

「ああ、そういうことだったの。確かに昨夜の雨はすごかったわね。でもちょうど先週屋根の修理を終えたばかりだったから屋敷の方はなんともなかったのよ。他には農業用の水路が溢れそうになったぐらいかしら」

公爵家の屋敷はとにかく古い。建物自体はしっかりした重厚な造りで歴史があるといえばその通りなのだが、財政的な理由で手入れが行き届いていないため、シャルロットが物心ついたときから屋敷にはなにかしらの不具合があった。

シャルロットがいつもその愚痴を聞かせているから、ジョエレは心配してくれたのだろう。

「じゃあ厨房《ちゅうぼう》に行ってあなたの昼食を用意してくれるようお願いしてくるわ。いつもお茶の時間に来るから、厨房もそのつもりだと思うの。先に言っておくけれど、うちの昼食は

王城とは比べものにならないぐらい質素よ？　それだけは覚悟しておいてね」

釘《くぎ》を刺すシャルロットの言葉に、ジョエレは小さく肩を竦《すく》めた。

「それなら心配しなくていいよ。君と食べようと思って昼食を持参したんだ。今日は天気もいいから外で食事をしよう。君の好きなチョコレートもあるし、これなら厨房に迷惑をかけないで済む。僕だってちゃんと考えてきたんだ」

「まあ、ありがとう。食費がかからないのはいいことだわ！　では急いでこちらの作業を終えてしまうからもう少し待っていてね。雨のあとは雑草が伸びやすいから、今のうちに抜いてしまいたいの」

「もちろん。なんなら僕も手伝おうか」

腕まくりをしようとするジョエレをシャルロットは首を横に振って留《とど》めた。

「大丈夫よ。それにいくら乗馬服といっても、あなたの服のように上等な生地は庭仕事に向かないもの。洗濯には石鹸《せっけん》を使うし、汚れたら風呂を沸かさなくてはいけないじゃない。そんなもったいないことはしないで、すぐに終わるからそちらのテーブルか応接室で待っていてちょうだい。バルトが喜んであなたのお世話をさせていただくわ」

ちょうど屋敷の方から執事が歩いてくるのを見つけて、シャルロットはジョエレに視線でそれを伝えた。

しかし歩いてきたのは執事だけではなく、その後ろに近所に住む領民のひとりを連れている。

「お嬢さま、カルノーがお嬢さまにお願いがあると訪ねてまいりました」

カルノーは近くで小作農を営む男で、妻とふたりの娘、そして年老いた母と暮らしている。娘たちとは年が近く、身分など気にしない子どもの頃は一緒に遊んだこともあるので、カルノーのことはよく知っていた。

「カルノーさん、こんにちは」

シャルロットが気さくに話しかけると、カルノーは被っていた帽子を脱いで、申し訳なさそうに頭を下げた。

「シャルロット様、お忙しいところ申しわけごぜえません。お庭の薬草を少し分けてもらいてえんですが」

「もちろんよ。誰か具合が悪いの？」

「へえ。ここのところ母のリウマチがよくなくて……お嬢さまのドクダミ茶を飲みたいとわがままを言っておりまして……。こちらのお庭のものを少し分けていただけたら、お茶にして飲ませようかと思っとりまして」

確かカルノーの母親はここ最近では横になっている時間の方が多くなっていると、娘たちから聞いたことがある。そんなに悪いのだろうか。近いうちに時間を作って見舞いに行った方がいいだろう。

領民の健康を気遣うのも領主の仕事なのだ。実際には父や兄がしなければならないことだが、ここ数年はシャルロットの采配に任されていた。

「それなら干したものがあるからそれを分けてあげましょう。手間も省けるし、すぐに飲ませてあげられるわ」

「ありがとうございます」

シャルロットの言葉にカルノーが大袈裟《おおげさ》なぐらい頭を下げる。自分が動こうとする執事にその場に留まるよう目配せをすると、シャルロットは大急ぎで薬草を取って戻ってきた。

「お待たせ。とりあえずこれで一週間ほど持つでしょう。足りないようならまた言ってちょうだい。それからこれ」

シャルロットは薬草の包みとは別にもうひとつの包みを手渡した。

「私が焼いたビスケットなの。よかったらみんなで昼食にでも召しあがってね」

「ありがとうございます！　お嬢さまのビスケットは絶品ですから母も喜びます」

すると黙ってやりとりを見守っていたジョエレが口を開いた。

「ビスケットって、僕の好きなやつ？」

「そうよ。先週プレゼントだって小麦粉とお砂糖を持ってきてくれたでしょう。あれで作ったの。そろそろあなたが来る頃だと思っていたから」

「なるほどね。確かにパンをプレゼントするより、君の手作りに変わる小麦粉の方が僕にも嬉《うれ》しいわけだ」

「あら、パンも嬉しかったわ。でもあなたが持ってきてくれる量は多すぎるのよ。全部食べ終わる前に黴《か》びさせてしまうから、それなら小麦と砂糖の方が嬉しいって言ったの。あ、バターも保存がきくから悪くないわ」

「じゃあ次はバターをプレゼントするよ」

ふたりのやりとりを聞いていたカルノーは困惑顔になる。小作農民だってパンや小麦粉、ましてやバターが女性へのプレゼントとして一般的でないことぐらい知っているからだ。

「ええと……じゃあわしはこれで。お嬢さま、ありがとうございました」

「どういたしまして。近いうちにお見舞いにお伺いするとお母様にお伝えしてね」

「へえ」

カルノーが何度も頭を下げて帰っていくのを見送ると、シャルロットはすぐに庭仕事に戻り、ジョエレはそのまま木のベンチに腰を下ろした。

「ねえ。僕も君のドクダミ茶を飲んでみたいな」

ジョエレの言葉に、シャルロットは苦笑する。

「かまわないけれど……そんなに美味《おい》しいものじゃないわよ？」

ドクダミは薬草だから、良薬口に苦しの言葉通り嗜好品《しこうひん》として楽しむような味ではない。

しかしジョエレがそれでもかまわないとしつこく言うので、昼食のときに淹《い》れてやることにした。

そして案の定、ドクダミ茶を一口飲んだジョエレは、シャルロットの警告通りなんとも言えない複雑な顔をする。まずいと言いたいのに礼儀をわきまえ必死で我慢している顔に、シャルロットは堪《こら》えきれずに噴き出してしまった。

「ね、言ったでしょう？　口直しにハーブティーを淹れ直してあげるわ」

こうなることを予想して、先ほど庭から摘んでおいたフレッシュハーブにお湯を注ぐ。すぐに爽やかなレモングラスとミントの香りが立ち上がって、辺りがいい匂いに包まれた。

「うん。美味しい」

カップに口をつけたジョエレがホッとしてそう口にすると、年輩のメイドのアンヌが料理が載ったワゴンを押して応接間に入ってきた。

最初はジョエレが運んできてくれた料理を庭で食べるつもりだったのだが、風が強くなってきたので室内で食事することにしたのだ。

「僕は城で出てくる紅茶より、君が淹れてくれたハーブティーの方が好きだな」

「そう？　嬉しいけれど、お城の高級な紅茶には負けると思うわ。これが美味しいのなら、ジョエレは少し疲れているんじゃないの？　ハーブティーは気持ちをリラックスさせる効果があるから」

「僕は君のそばが一番リラックスできるからね」

ジョエレは唇に笑みを浮かべると、優しく目尻を下げてシャルロットを見つめた。

「あら、そうなの？　では今日は時間も早いしゆっくりしていってね」

シャルロットはあっさり頷《うなず》くと、アンヌから料理が載った皿を受け取りテーブルの上に並べた。

そのときジョエレが一瞬落胆したような表情を浮かべたのをアンヌは見逃さなかった。

ジョエレには気の毒だが、シャルロットの性格なら当然の反応だろうと内心苦笑するしかない。

アンヌは今でこそメイドだが、もともとは公爵家の子どもたちを育て上げた乳母だったので、ふたりのこのやりとりを何度も目にしていた。そしてジョエレが何度そんな目に遭っても諦めないのも知っている。

「失礼いたします」

頭を下げて出て行くアンヌを見送って、シャルロットは料理をさらに取り分けながらチラリとジョエレを見た。

「あのね……実は、ジョエレにちょっと相談があるの。その……結婚のことなんだけれど」

その言葉を聞いたとたんジョエレの顔に喜色が走る。彼は期待に満ちた眼差《まなざ》しをシャルロットに向けた。

「結婚⁉　もしかして僕と⁉」

「……え？」

シャルロットは一瞬呆《ほう》けたあと、ジョエレが誤解していることに気づき声をあげて笑い出した。

「いやだわ、ジョエレったら。あなたのことは心配していないわ。だって将来のお妃《きさき》様候補はたくさんいるでしょう？　私が言っているのはお兄様のことよ。どなたかいいご縁はないのかしら？」

ジョエレががっくりと肩を落としたことにも気づかずシャルロットは言葉を続ける。

「お兄様は毎日ちゃんと出仕もされるし、真面目な人だと思うの。見た目も悪い方ではないと思うし、血筋だけはいいでしょう？」

「まあ、確かに」

「甲斐性《かいしょう》なしなのは仕方ないとしても、それ以外は結婚相手として悪くないと思うのよね」

「あー……」

ジョエレは自分よりひとつ年上のもうひとりのはとこ、オスカルの顔を思い浮かべる。

実のところ男として甲斐性なしが一番問題なのだと思ったが、兄を心配するシャルロットにそれを言うのは酷で口を噤《つぐ》んだ。

それにシャルロットの言葉通りオスカルは至極真面目に出仕をしているが、決して社交や政治の才があるタイプではない。事務的な仕事は丁寧に仕上げるしなにより頭脳明晰《めいせき》なことから、今は財務管理に携わり、与えられた計算を黙々とこなしているという。実直真面目は評価できるが、出世を望めるとは思えなかった。

「今のままお兄様に任せていたら、公爵家はいつまでたっても跡継ぎに恵まれないと思うの。お父様も書庫の管理といえば出世もなにもない閑職でしょう？　良家のご令嬢を紹介してもらえるようなコネもなさそうだし」

自分の父親相手とはいえなかなか辛辣な評価に、ジョエレは少々公爵が気の毒になった。

「もちろん私が口を出しても仕方ないのはわかってるけれど……なんとかいい人を見つけてあげられないかしら」

王家の縁者で目の前に世継ぎの王子がいるのなら、まずはもっと俸給のいい部署に異動をさせてもらうとか、そもそも俸給を上げろとか援助をしろと言ってもいいはずなのに、真《ま》っ直《す》ぐな性格のシャルロットはそんな頼みをしようとは考えたこともないらしい。

「君がオスカルの心配をするように、シャーリー、僕は君のことも心配だな」

ジョエレが溜息《ためいき》交じりに言って、テーブルに置かれたシャルロットの手を握りしめた。

「どうして？」

「オスカルが結婚できない原因は君にもあるんじゃないのかな」

「え？」

「小姑《こじゅうと》って言葉は知ってる？」

「……ええ、一応は」

ジョエレがなにを言おうとしているのかわからず、シャルロットは首を傾《かし》げた。

「例えば、仮にオスカルとの結婚を考えている令嬢がいたとしよう」

シャルロットはこくんと頷く。

「その嫁ぎ先に自分より美しくて賢い妹がいたらどうだろう。屋敷や領地経営の一切を仕切っているできのいい妹だ。当然義理の父も夫となる人もその妹を溺愛している。そんなところに嫁ぎたいと思う女性がいるだろうか」

実際にはそれがオスカルの結婚を阻《はば》む理由ではなかったが、ジョエレはさも真実味《しんじつみ》があるかのように話して聞かせた。

「それは……私がお兄様の結婚を邪魔しているということ……？」

思っていたよりも傷ついた顔のシャルロットにジョエレは良心が痛んだが、それよりも自分の欲望が勝ってしまう。

「そこでシャーリーに僕から提案があるんだけど」

「提案？　私に？」

菫色の瞳にわずかに期待の光が煌《きら》めいたことをジョエレは見逃さなかった。

「オスカルより先に君が結婚するというのはどうだろう」

「……私が……結婚？」

シャルロットはしばらく瞬《まばた》きをくり返して、握られていた手を引き抜く。そしてその手で口を覆いながらいつものように声を立てて笑い出した。

「もう、ジョエレったら！　すぐそういう冗談を言うから笑ってしまうじゃないの。うちが裕福でないことはあなたも知っているでしょう？　お母様なんて華やかな公爵家に憧れて嫁いできたのに、あまりの窮乏ぶりに身分より愛を取って従僕と駆け落ちしてしまったのよ？　さっきも言った通りお父様もお兄様も甲斐性があるとは言えないわ。私が嫁ぐなら持参金が必要だけれど、屋敷の修理をするのも大変なのに、そんなものを用意できるはずがないじゃないの」

シャルロットは冗談めかして笑いに変えたが、実際にシャルロットの父の父、つまり祖父の時代から公爵家は少しずつ衰退し続けている。もう兄に代替わりをしようとしている今は、かなりの財政難になっていた。

母は伯爵家の出身で、家格の高いベルジェ家での華やかな生活を期待して嫁いできたそうだ。しかしその頃公爵家はすでに傾きかけていて、ベルジェ家としては花嫁の持参金によって家を建て直すための結婚だったらしい。

シャルロットも幼いときに何度か母の愚痴を耳にした記憶があり、身分は高くなくても裕福な家との縁組みがあったのに騙《だま》されたのだと乳母相手に文句を言っていたのを覚えている。

母の気持ちもわからなくはないけれど、ベルジェ家の娘として生まれたシャルロットは、結婚をして子どももうけたのだから、母ももっとベルジェ家の一員としてこの家を盛り立てていくことはできなかったのかと考えることもあった。

シャルロットだって内心は、父と兄の取り柄は家柄と顔だけだとわかっている。しかしたとえそうだとしても、ふたりは大切な愛する家族で、自分はこのベルジェ公爵家を守るために努力しようと思うのだ。

普通の令嬢なら知りもしないだろう領地経営や家計のことを心配しているうちに、シャルロット自身はすっかり現実的な、年頃の娘らしくない考え方をするようになっていた。

「シャーリー。君は母君の例があるから持参金のことを気にしているのだと思うけど、実際は血筋というのも婚活市場ではとても重視されるんだ」

「つまり、持参金より公爵家生まれの方が重要ということ？」

「そう。もともと公爵は王族だけが与えられる称号だ。その上君は最近の公爵家の令嬢たちの中では一番王族の血が濃い。僕たちのお祖父様《じいさま》同士が兄弟なのだからね。つまりは君はその生まれだけでも婚活市場でもてはやされるということなんだ」

これまで誰からもそんな話を聞かされたことのなかったシャルロットは、すぐにはジョエレの言葉のすべてを信じることはできなかった。

確かに乳母や執事にはいつも口を酸っぱくして『公爵家の令嬢としての自覚を』とか『公爵家の人間として恥ずかしくないマナーを』と言われているが、これまでそのことで得をした記憶もないので、自分の生まれがジョエレが言うほど特別なものと考えたことはなかった。

「それにこう考えてみたら？　君が良家へ嫁げばその縁で交友関係も広がり、オスカルに伴侶を見つけることもできるんじゃないかな」

ジョエレのその提案には、なるほどと頷いてしまった。

これまでは兄が自分で良縁を見つけるとか、職場のご縁でどなたかの令嬢を紹介されることばかり期待していたが、他力本願だったかもしれない。本気で兄に伴侶を見つけ公爵家を再建するのなら、こちらから攻めに転じることも必要だとシャルロットは考えた。

「ジョエレ！　素晴らしいわ！」

立ち上がってはとこの手を取ると、シャルロットはその手をギュッと握りしめて感謝の言葉を口にした。

「ありがとう！　やっぱりあなたに相談してよかったわ。私、お兄様のためにも婚活してみる」

思いつきでそう口にしたものの、ほとんど他の貴族との付き合いがないシャルロットには、どうやって婚活を始めればいいのかわからなかった。

訪問着や手土産の準備に苦労するので、同年代の令嬢たちからのお茶会の招待には応じたことがないし、父も兄も社交に疎いために夜会や晩餐会《ばんさんかい》に出席したこともない。

今まで自分の結婚など意識したこともなかったけれど、もしかして兄の出会いを心配するより、こちらの方が大変なのではないだろうか。

「ねえ、考えてみたら、私の方が出会いがないんじゃないかしら？　こういう場合はどなたかにお見合いなんかをお願いした方がいいの？」

これまで自分の婚活は考えたこともなかったが、兄には何度か縁談があって見合いを兼ねた食事会やお茶会に呼ばれたことがある。まあそのときに縁がなかったから兄は今も独身なのだが、あのときは確か母方の伯母が話を持ってきたはずだ。

まずは伯母に手紙を書いてみようか。シャルロットがそう考えたときだった。

「シャーリー。君は自分が王家の血筋だってことを忘れているのかな？　そういうときに頼るのはまず僕じゃないか」

「え？」

「君はしばらく王城に滞在すればいい。親戚である公爵家の令嬢が滞在していても誰も不審には思わないだろう？　その間に王城で催される晩餐会や夜会に出席して、たくさんの人と知り合えばいいじゃないか」

「待って。王城で晩餐会や夜会となるとドレスや最低限の宝石類ぐらいは準備しなくてはいけないわ。でもうちには新しいドレスを仕立てる余裕はないし、公爵家に伝わるほとんどの宝石はお母様が駆け落ちのときに持っていってしまったのよ。知っているでしょう？」

それに人はなにを着ていても生きていけるし、結婚するとなれば公爵家の経済状態も知られるわけだから、婚活のためにわざわざ高級なドレスを仕立てるのは無駄だ。そんなことにお金を使うのなら、昨晩溢れそうになった水路の改修に充てた方がいいと思ってしまう。

「ドレスや宝石のことなら気にしなくていい。去年僕の妹のアドリーヌが隣国に嫁いだだろう？　王城には妹のドレスがたくさん残されているから着るものや宝石類の心配はいらない。いくらだって都合がつくはずだからね。それより僕は君が男の気を引くような魅力的な振る舞いができるかどうかの方が心配だな」

「魅力的な振る舞い？」

「そう。婚活は男性も女性も相手を値踏みするところから始まるんだ。例えば自分の家に相応《ふさわ》しい振る舞いができるのか、礼儀作法が身についているのか。晩餐会で人目を惹《ひ》きつける魅力的な容姿を持っているのか。自ら晩餐会を開いたり家の切り盛りを任せられる才能があるのか、とかね。こう言ってはなんだけれど、君は早くに母君がいなくなってしまったし、社交には疎いだろう？　良縁を望む令嬢たちは母親や家庭教師にそういった振る舞いを学ぶんだ」

　つまりジョエレはシャルロットが男性の気を引くような振る舞いができるのか心配してくれているらしい。確かに彼の言う通り、そういった勉強はしてきていない。もちろん食事のときのマナーやダンスなど最低限のことはできていると思うが、社交界に出るために家庭教師を雇ったこともないし、母からそんなことを教わった記憶はなかった。

「つまり、私はすぐには婚活できないってこと？」

「そんなことはないけれど、よかったらその辺のことも王城に来てくれれば教師を手配してあげるよ。僕も教えてあげられるし。いいだろう？　親戚の家に遊びに来ると思えばいい。一応公爵には僕から話をするけれど、叔父上は快諾してくれるはずだ。どうだい？」

　ジョエレの提案は魅力的だけれど、本当にそんなに簡単に伴侶を探すことなどできるのだろうか。彼を疑うわけではないけれど、うまい話には裏があると言うし、簡単に承諾していいものだろうか。

　シャルロットが思案顔になるのを見て、ジョエレはさらに畳みかけてくる。

「父も君に会いたがっているんだ。君が王城に遊びに来たのはもう何年も前のことだろう？　父は王という立場上、僕のように気軽に公爵家を訪ねることはできないからね。出仕している叔父上やオスカルには会う機会があるけれど、君の顔はもう何年も見ていないんだ。父に顔を見せるだけでもかまわないから王城に遊びに来ない？」

まだ不安はあるものの、ジョエレの話には心惹かれてしまう。それに彼の言う通り王城を訪ねたのはもう何年も前で、久しぶりに王陛下にお会いしたいという気持ちにもなる。

簡単に夫が見つかるとは思っていないが、軽い気持ちで王城を訪ねてみてもいいというぐらいには気持ちが傾き始めていた。

「そうね……あなたがそこまで言ってくれるのなら、王城に行ってみようかしら。王陛下にもご挨拶したいし。それにジョエレがそこまで親身になってくれるのだから、私も頑張って旦那様を探すわ。というか、私がお金持ちの旦那様を見つければ一石二鳥じゃないの！」

シャルロットがグッと拳を握りしめるのを見てジョエレが複雑な顔になったが、意欲に燃えたシャルロットはその表情にまったく気づくことはなかった。

2

シャルロットが王城へと出立する日。屋敷の車寄せには、ベルジェ公爵とその令息オスカル、そして屋敷の使用人たちが見送りに集まっていた。

この日のために王城からわざわざ迎えの馬車が差し向けられており、一張羅に身を包んだシャルロットはすでに馬車に乗りこみ、窓から見送りの人たちに向かって身を乗り出していた。

「バルト、アンヌ。お父様とお兄様のことをお願いね。それともし領地の管理人から話が上がってきたら、すぐに私のところに知らせてちょうだい。またこの前のような雨が降ったら、今度こそ用水路が溢れて畑が台無しになってしまうかもしれないわ。そうそう、たまにカルノー家のおばあさまの様子も見に行って、必要なら薬草を届けてあげてね。それから……」

すでに与えたはずの指示を確認してしまうほど、シャルロットは屋敷を離れることが心配でたまらなかった。

これまでひとりで、しかも長期の滞在で屋敷を離れた経験がないからだ。

「ああ、やっぱりジョエレには悪いけれど、王城を訪ねるのは中止にした方がいいかもしれないわね」

今すぐ馬車から降りてしまいそうな勢いに、公爵は慌てて窓辺に置かれていた娘の手を摑《つか》んだ。

「シャーリー、屋敷のことならそんなに心配しなくても大丈夫だから安心して行ってきなさい。頼りないかもしれないが私もオスカルもいるんだ。それに私たちは出仕で王城にいるのだから、屋敷のことを聞きたいのならいつでも書庫を訪ねなさい。殿下に頼めばすぐに私のところに連れてきてくれるはずだからね」

父の言葉に、シャルロットはホッと息をついた。

「そうだったわね。お父様にもお兄様にも会おうと思えば毎日会えるのだったわ。私、ひとりで屋敷を出るのが初めてだから……なんだか不安になってしまっているみたい」

「せっかくジョエレ殿下が招いてくださったのにお断りするなんて失礼だよ。どうしても帰りたくなったら私が連れて帰ってあげるから楽しんできなさい」

父の言葉に力づけられて、シャルロットは力強く頷いた。

それになにより自分には使命がある。それは公爵家の中でシャルロットにしかできない重要な任務だった。

「そうね！　遊びに行くんじゃなくて私には婚活という任務があるのですもの！　お父様、お兄様、シャルロットは必ずやお金持ちの旦那様を捕まえてきますわ！」

一張羅のドレスを着込み勇んで手を振ったシャルロットに、父と兄は複雑な顔だ。もしかしてシャルロットに伴侶を見つけることなどできないと思っているのだろうか。

ゆっくりと馬車が動き出し、シャルロットはもう一度ふたりに大きく手を振った。

「ではいってまいります！」

ジョエレが用意してくれた馬車は王族が使う一際大きな四頭引きの箱馬車で、座席部分は手触りのいい天鵞絨《ビロード》で覆われており、クッションにも厚みがあって座り心地がいい。

車内もゆったりとできる広さがあり、シャルロットはこれなら長距離の移動も快適そうだと思った。

ベルジェ公爵邸は王都から馬車で一刻ほどの場所にある。大抵の貴族は領地の屋敷とは別に王都にも居をかまえているのだが、ベルジェ家は経費がかかりすぎると王都の屋敷は閉鎖してしまっていた。

シャルロットは領地で暮らすことになんの不満もなかったが、久しぶりに目にする王都の街並みは子どもの頃の記憶より華やかで賑《にぎ》わって見える。

馬車も走れるほどの大通りには大きなショーウィンドウを持つ店が多く並んでいて、ガラス越しにたくさんのドレスや帽子、それに色とりどりの花やお菓子と、見ているだけでも楽しい。

シャルロットが街並みに目を奪われているうちに、馬車はあっという間に王城に到着してしまった。

従僕に助けられて馬車から降りると、車寄せには従僕だけでなく侍女たちもずらりと並んでいて、シャルロットの到着を出迎えてくれた。

背の高い中年の女性が一歩進み出て、シャルロットの前で膝を折る。

「ようこそいらっしゃいました。ベルジェ公爵令嬢シャルロット様でございますね？」

「ええ」

「お待ち申し上げておりました。私はシャルロット様のお世話を仰せつかっているフルールと申します。王太子殿下はただいま公務中ですので、先にお部屋へご案内させていただきます」

フルールについて歩き出すと、その場に並んでいた侍女たちもシャルロットのあとに続く。仰々しすぎる行列に、事情を知らない侍女や王城内で働く侍従たちがすれ違うたびに何事かと目を丸くする。

こんなにたくさんの人に囲まれたり注目されたりするのは初めてで、シャルロットは気恥ずかしさを覚えた。

案内されたのは応接間と寝室が二間続きになった部屋で、一目で女性向けとわかる可愛《かわい》らしい客間だった。

白いレースのカーテンには精巧な刺繍《ししゅう》が施されていて、ふかふかのカーペットには薔薇《ばら》の模様が織り込まれている。猫脚の応接セットのテーブルには可愛らしい花籠が飾られ、緊張していたシャルロットの気持ちをわずかに和ませた。

「馬車の旅でお疲れでしょう。まずはお茶で喉を潤していただいて、それからお部屋をご案内いたしますね」

ソファーに腰を下ろすと、すぐにティーセットが運ばれてきて、あっという間にテーブルの上にはティースタンドに載ったサンドイッチや焼き菓子が並ぶ。

縁の薄いティーカップには香り高い紅茶が注がれ、繊細な造りの持ち手に触れるのも躊躇《ため》らってしまいそうだ。

なによりたくさんの侍女たちがシャルロットの一挙手一投足を見守っているようで落ち着かない。果たして自分ひとりの世話にこれだけたくさんの侍女が必要なのかと訝《いぶか》ってしまう。

するとそこへ先触れもなしにジョエレが姿を現した。

「やあシャーリー、本当に来てくれたんだね」

「私は約束を破ったりしないわ」

出掛けに今日の訪問をやめようと迷ったことは内緒だ。

「侍女たちはちゃんともてなしてくれたかな？」

ジョエレは楽しげにシャルロットの隣に腰を下ろした。

「この部屋は気に入ってくれた？」

「ありがとう。とっても素敵だわ。こんなお姫様みたいなお部屋は初めてよ」

公爵家ではいつも質素倹約を心がけていて、自室など清潔感と実用性があればいいと思っているので、装飾にまで気を配ったことはない。

でも実際にこのように素敵な部屋を目にすると、本当はこういった装飾の部屋に住んでみたかったのかもしれないと思った。

「君が来てくれると決まってから急いで準備させたんだ。足りないものがあったら、侍女に言ってくれればすぐに用意してくれるはずだ。もう部屋の中は見た？」

首を横に振ると、ジョエレがシャルロットの手を取って立ち上がった。

「では、お姫様の案内は僕がしよう。おいで」

「え、ええ」

いきなり手を取られてドキリとしながらソファーから立ち上がると、そのまま隣の寝室へと案内される。そして扉の向こうを見たとたん、シャルロットの口から感嘆の声が漏れた。

「まあ！　なんて可愛らしいの！」

応接間も若い女性が好みそうな部屋だったが、寝室はカーテンや絨毯《じゅうたん》、リネン類が何種類ものピンク色でグラデーションになっており、天蓋付きのベッドやドレッサー、ティーテーブルなど家具類はすべてが白で統一されている。

ドレッサーの鏡は三面鏡で、楕円《だえん》の鏡の縁にはハート模様の彫刻が施されていて可愛らしい。引き出しの取っ手は象牙で、試しに引いてみると、すべての段にたくさんの化粧道具が詰め込まれていた。

普段は公爵家で祖父の代から伝わる古く重厚な家具に囲まれているシャルロットにはすべてが新鮮で、これで美しいドレスに身を包んだお姫様がいれば、子どもの頃読んだおとぎ話と一緒だと思った。

「ほら、こっちも見てごらん」

夢でもみているかのように呆けるシャルロットの手をジョエレが引く。次に彼が案内してくれたのはクローゼットというよりは衣装部屋で、そこにはシャルロットが見たこともないほどたくさんのドレスが所狭しと並んでいた。

「すごいわ……」

未婚の女性が身に着けるのに相応しいピンクや黄色、水色と言った淡い色のドレスに、晩餐や夜会用と思われる襟ぐりが大きく開いたもの、棚には毎日日替わりで被っても有り余るようなたくさんの帽子やリボンなどがひしめき合っている。

「ドレスを用意してくれたのは嬉しいけれど……多すぎないかしら」

ジョエレの気持ちは嬉しいけれど、シャルロットが滞在中にすべてのドレスに袖を通すとは思えない。それに先ほど応接間に準備されたティースタンドも、ひとりで食べるには多すぎた。

「言っただろう。これは妹のアドリーヌのドレスだって。もう身内では君以外着る人がいないんだ。もったいないだろう？」

――もったいない。そう言われてしまうと、それ以上はなにも言い返せなくなる。

「さあ、お茶を淹れ直してもらってお菓子を食べようか。シャーリーの好きなチョコレートもたくさん用意させたんだ」

「……ええ、ありがとう」

シャルロットは戸惑いながら頷いたが、王城での生活は公爵家でのそれとはあまりにも違いすぎて、慣れるには時間がかかりそうだ。というか、一生慣れることはない気がして、すでに今すぐ公爵家に帰りたい気持ちになっていた。


シャルロットが王城に来て数日が過ぎたが、ここでの生活は毎日驚くことばかりだ。朝目覚めると数人の侍女たちが控えていて、まずはベッドの上で温かい紅茶かショコラを、食欲があれば焼きたてのロールパンやビスケットと共に食べるところから始まる。

シャルロットがベッドの上で食事をしたのは子どものころに風邪を引いてベッドから出られなかったときぐらいで、ここ数年は起きられないほど体調を崩したことはない。

もちろん貴族にそういう慣例があるのは知っているけれど、ベルジェ家では父にも兄にもそういう習慣はない。そもそも人手が足りていないので、外出するときの身支度以外は自分でするのが普通だった。

初めて王城で目覚めた朝、ずらりと並んだ侍女たちの姿にシャルロットは戸惑いを隠せなかった。

驚いてベッドから出ようとするシャルロットをフルールが制止する。

「どうぞそのままで。朝のお支度をお手伝いいたします」

そう言って朝のお茶から洗顔までをベッドの上で済ませると、今度はその日着るドレスを選ぶまではベッドを出ることができない。

衣装部屋から次々とドレスが運ばれてきてその中からその日の気分に合ったものを選ぶのだが、大抵はひとりで決められず、フルールが隣であれこれアドバイスをくれて、彼女が薦めてくれたものを選べば間違いはなかった。

「私、みんなにこんなふうにお世話をしてもらうのは申し訳なくて。自分のことは自分でできるし、せめてもう少し人を減らすとかできないのかしら。あなたひとりでも私は十分助かっているし、着替えならひとりでできるもの」

あまりにたくさんの侍女たちが部屋にいるのを見て、シャルロットはフルールにそう伝えたことがある。

「でも王城での生活はこういうものだと慣れていただきませんと。シャルロット様は公爵家のご令嬢で、王太子殿下の大切な方ですから」

シャルロットの訴えはあっさりかわされてしまい、ここでは落ちぶれた公爵家でも王家の縁者として大切にしてもらえるらしいと諦めるしかなかった。

公爵家にいたときと違うといえば、ジョエレとの距離もそうだった。

これまでも顔を近づけて話をしたり、手を繋《つな》いだり、肩を抱かれたこともあるけれど、彼との距離を近いと感じたことはなかった。はとこ同士だし、兄と同じように自分に害をなすことのない、いわば安全な存在だった。

それなのに、王城に来てからはジョエレと接する時間が長くなったからなのか、彼との距離の近さが気になってしまう。というか、彼が過剰に近づいてきているように感じられるのだ。

身内以外の男性とはほとんど接触がない生活を送っていたので、正しい男性との距離がいまいちわからないけれど違和感を覚えてしまう。

ここが王城というジョエレのテリトリーだからだろうか。身の危険といっては失礼かもしれないが、ジョエレから発される雰囲気になんとなく緊張感というかいつもとは違うなにかを感じてしまうのだ。

それが現実になったのは、ジョエレに王城内を案内してもらっているときだった。

「今日は僕が城を案内しよう。ああ、供はいらない」

そう言って、すぐに付き従おうとするフルールたちをその場に留め置いて部屋から連れだしてくれた。

毎日四六時中誰かがそばにいる生活にすっかり疲れていたシャルロットは廊下に出た瞬間ホッとしてしまった。

「よかった！　やっと自由だわ‼」

大きく伸びをしたシャルロットを見て、ジョエレが苦笑いを浮かべる。

「君が何不自由なく過ごせるようにしたつもりだったんだけど」

「わかってるわ。でもあれは人が多すぎよ。もう少し私のお世話をしてくれている侍女の人数を減らしてもらえないかしら。フルールに言ったら無理だって言うの。でもあなたが言えば大丈夫でしょ？」

ジョエレに腕を借りて歩きながら、シャルロットはふたりきりの気安さに頬を膨らませ唇を尖《とが》らせた。

「僕が手配したのに、今さらそんな指示は出せないな」

あっさり肩を竦めて断られてしまい、シャルロットの不満はさらに高まってくる。

「そもそも王城は無駄が多すぎると思うわ。私のそばに侍女が多すぎるのもそうだけれど、正餐《せいさん》の間や図書室の前で扉を開けるために立っている従僕なんてなんの意味があるの？人員を減らすべきだわ。それに食事もそうよ。晩餐のコース料理で品数が多いのは仕方がないとしても、午餐《ごさん》やお茶の時間に出てくる量と言ったら、私が三人いたって食べきれないほどなのよ。フルールに聞いたら、残ったものは廃棄されると言うじゃないの。世の中には日々のパンにすら困る人がいるのに、人々の上に立つ王族がそんな贅沢《ぜいたく》なことをするなんて許されないと思うわ」

公爵家の領民の中でも困窮を極めている者たちが少なからずいる。夫が病気で働き手がおらずひとりで家計を支える妻、子どもたちがまだ幼いのに妻を亡くした男、子沢山で収入が見合っていない家族など本人たちの努力ではどうにもならない。

シャルロットも極力手を差し伸べるようにしているが限界がある。

日々そんな話を耳にして、シャルロット自身も経済的な理由から質素倹約を心がける公爵家で育ったのだから、王城でいちいち無駄が目につくのはかなりのストレスだった。

もっとああすれば節約になるのにと考え始めてしまうと、もう婚活をしに王城に来たことなど忘れてしまう。

するとと静かにシャルロットの言い分に耳を傾けていたジョエレが言った。

「なるほどね。君の節約についての意見は傾聴に値するよ。ただね、君に無駄に見えることが実は無駄ではないということもあるんだ」

「え？　どういうこと？」

「公爵家で家を切り盛りしているシャーリーなら知っていると思うけど、日々の小麦粉を一袋買うのにもお金がかかるのはわかるだろ？」

「当たり前じゃない」

どうしてそんな誰にでもわかることを尋ねるのだろう。

「そのお金を得るためには？」

「……仕事をして、俸給をいただくんじゃないの？」

あまりにも普通の答えすぎてそれが正しいのかわからず、声が小さくなってしまう。

「そう。従僕たちだって生きる糧のために働いてお金を手に入れている。君が無駄だという従僕をやめさせたら、当然彼らは明日から無職でもしかしたら路頭に迷うかもしれない。簡単に無駄だと切り捨てないで別の仕事を与えるとか次の職場を用意するとか先にことを考えてやらないとね。僕はそれが人を使う側の人間の考え方だと思うんだ」

「……」

ジョエレの言っている意味もわかる。しかしそれならただ立っているとかシャルロットひとりに無駄に人数をかけるより、なにかちゃんとした仕事を与えるべきだ。

雇用を維持することが王族としての義務、ノブレス・オブリージュだとしても、どうでもいい仕事が労働への意欲に繋がるとは思えない。とはいえ王城にも王城のきまりやしきたりがあるはずで、部外者のシャルロットにこれ以上の口出しをする権利はないだろう。

しかしシャルロットの表情で納得がいっていないことに気づいたのだろう。ジョエレが苦笑いを浮かべた。

「君が言っていた食事のことは改善させるようにしよう。確かに食べるのにも困っている人がいるのに、僕らばかりが食べきれないほど食事を並べるのはよくないことだね。シャーリーのおかげでそれに気づくことができたよ。ありがとう」

ジョエレの大人な対応に、シャルロットは機嫌をとられていることに気づき恥ずかしさに顔が赤くなっていくのを感じた。

部外者のくせに思いつきであれこれ文句を言うシャルロットとは違い、彼は相手の立場を考えて言葉を口にしている。

それでいて子どものように不機嫌になっているシャルロットのこともちゃんとフォローしようとしてくれていた。

これまではジョエレは王太子として甘やかされて、気が向いたから公爵家に遊びに来る風来坊《ふうらいぼう》のような目で見ていたけれど、彼はそんな単純な人ではないことに初めて気づいてしまった。

ここに来たときは、公爵家に遊びに来たときのように王城でもジョエレがべったりついて回るのかと思っていたのに、毎日朝から公務で下手をすると午後も遅い時間まで顔を合わせない日もある。

きっと公爵家にもそんな忙しい合間の貴重な時間を使って来ていたのだろう。なぜ彼がそこまでして公爵家を気にかけてくれるのかはわからないが、理由がなんにしろ感謝しなければいけないと思った。

「ジョエレ、あなたってすごい人だったのね」

シャルロットは溜息をついた。

「……それは、どういう意味かな？」

問うように首を傾げ、ジョエレがシャルロットの顔を覗《のぞ》き込《こ》む。

「なんて言ったらいいのかしら……」

国民に献身的？　王太子として見直した？　どれもジョエレを褒めるには直接的すぎて相応しくない気がする。シャルロットはしばらく考えて口を開いた。

「あなたは素敵な人ね、って意味よ」

これなら間接的で、どんな意味にもとれるだろう。そう思ったのに、ジョエレは喜ぶどころか目を丸くして息を飲む。

「……っ」

そしてすぐに眉間に困ったような皺《しわ》を寄せた。

「ジョエレ？」

　まさか頭でも痛くなったのかと心配になったシャルロットが彼を見上げたときだった。

　不意に視界が塞がれドキリとした次の瞬間、シャルロットの唇に柔らかいものが触れた。

少し湿っていて生温かいそれがジョエレの唇だと気づいたのは、視界を覆っていたものが彼の顔だとやっと認識できたときだった。

「……え」

　最初はなにが起きているのか理解できていなかったが、水が染みこむようにジワジワと頭の中に今の出来事が広がっていく。すると目頭が熱くなって、気づくとシャルロットの眦《まなじり》から透明な滴《しずく》がポロリと零《こぼ》れた。

「……」

「シャ、シャーリー……!?」

　ジョエレの狼狽《うろた》えた様子にさらに涙がポロポロ溢れてくる。自分でもよくわからないけれど、ジョエレに突然口付けられたことが、シャルロットには悲しく感じられてならなかった。

「ご、ごめん、泣かせるつもりは……君が可愛すぎて思わず」

「き、嫌い……ジョエレなんて、もう嫌い……」

　悲しかったはずなのに、ジョエレの可愛いという言葉に急に恥ずかしさがこみ上げてきて、彼に背を向ける。するとすぐにジョエレが目の前に回り込んできてシャルロットの両手を握りしめた。

「悪かったから！　謝るからもう泣かないで」

「……」

なぜこの人はこんなに必死になっているのだろう。気づくと涙は止まっていて、彼の困り顔をまじまじと見つめていた。

「シャーリー、どうしたら許してくれる？　僕は君が泣くのが一番辛いんだ」

何度も謝られているうちに、みんなの前ではいつも威厳があり堂々としているジョエレが慌てふためく様子がおかしくなってきて気づくとシャルロットはクスクスと笑い出していた。

「シャーリー？」

「もう……怒ってないわ。最初から……怒ってなんかいない、もの……」

ではどうして泣いたのだと聞かれると答えに困ってしまう。ジョエレに口付けされたと理解した瞬間悲しくなってしまったのだから。

「でも、こういうのは……好きじゃない」

そう、ジョエレとは好きとか嫌いとか簡単な言葉で言い表せるような関係ではない。うまく言えないけれど、夫や恋人にするにはもったいないぐらい大切な人なのだ。

「わかった。君が好きじゃないことはしないから、嫌いだなんて二度と言わないで欲しいな。僕が君に言われて一番傷つく言葉だ」

シャルロットはこっくりと頷いた。

確かに嫌いは言いすぎだったかもしれない。シャルロットだって冗談でもジョエレに嫌いと言われたら傷つくだろう。

「嫌いなんて言って……ごめんなさい」

子どものように泣いてしまったことも恥ずかしくてはにかむと、ジョエレが腕を伸ばしてシャルロットの腰を引き寄せた。

「あ、あの……ジョエレ？」

これまでもこうして身体を寄せたり、肩を抱かれたりしたことがあるのに、今日はなんだか落ち着かない。そわそわして彼の腕の中で身を捩《よじ》ると、ジョエレが溜息を漏らした。

「そんな可愛い顔をされたら、もうしないって約束できなくなるだろ」

「……えっ!?」

「冗談だよ。君に嫌われたくない。いつか君が僕にキスして欲しいって心から思ってくれる日が来たら嬉しいな」

ジョエレはそう言うとギョッとして目を見開くシャーリーに輝くような微笑みを向けた。

——まるで王子様だ。シャルロットはそんな感想を思い浮かべて、笑い出しそうになる。

間違いなく彼はこの国の王太子なのだから。

「じゃあこれで仲直りだ」

腰を抱いていた腕を解いたジョエレにキュッと手のひらを握りしめられて頷いたけれど、繋ぎ慣れているはずの彼の手が今日はいつもより熱く感じられる。シャルロットはなぜかドキドキと胸が高鳴ってしまうのを止めることができなかった。

3

いつからシャルロットの存在を意識し始めたのか。そう尋ねられたら、ジョエレははっきりと彼女と初めて会ったときからだと答える自信があった。

「ほら、あなたの未来のお嫁さんよ」

まだ生まれて半年も経《た》たない赤ん坊を見せられてそう紹介されたけれど、当時九歳のジョエレにその本当の意味など理解できるはずもない。

覚えているのは差しだされた白いレースのおくるみの中で、五歳下の妹よりもさらに小さい生きものがすうすうと寝息を立てていたことだ。

赤ん坊なのに目鼻立ちがすっきりと整っていて、長い睫毛《まつげ》が大きくカールしている。眠っているから瞳の色はわからないが、顔の周りを柔らかな金の髪が縁取っているのも愛らしい。まだ幼いのにすでに将来を想像できてしまうほど美しい赤ん坊だった。

妹《いと》を初めて見たときも確かに可愛いと思ったが、それとは違う胸がいっぱいになるような愛おしさを覚えた。

そのとき初めてベルジェ公爵の娘だと知らされ、なるほど美形の家系なのだと一緒に勉強しているオスカルの顔を思い浮かべた。

すでに父からは日々帝王学を教わり、同じ年頃の貴族の子弟たちと共に政治を学んだり剣術の稽古をしていた時期で、その中にはシャルロットの兄、オスカルも含まれていた。しかし彼は他の同年代の子弟たちとは一線を画した独特の雰囲気があった。

書物が好きだから勉強は飛び抜けて成績がいいのに、武術、剣術となると吹きさらしの野で風に手折られそうになっている花のような弱々しい存在になってしまう。

そもそもランブラン王国で王族の側近になるためには、頭脳はもちろんだが王族を守るための武官としての才も重要だとされていた。

読書が好きで頭脳が秀でていても身体を動かすことに興味のないオスカルにはとうてい無理な話で、誰の目にも彼が武官としてジョエレを守る存在になるのは難しいのは明らかだった。

父親である公爵も似たタイプの男性で、王の親族であるにもかかわらず今現在王の側近ではなく、王城内の書庫の管理を任されているのがその証拠だ。

つまり父親が政治的に発言権を持たず、兄は大それた野心を抱かず、しかし他の大臣たちが文句のつけようのないほど身分が高い。シャルロットはまさにジョエレの花嫁になるために生まれてきたような存在だった。

もちろん当時のジョエレはそこまで背景を理解していたわけではなかったが、すでに自分がこの国の世継ぎの王子である自覚があり、思い通りに生きることができないと気づき始めていた。

そんなときにシャルロットと出会ったので、自然と運命として彼女を受け入れていたのかもしれない。

そしてできれば、シャルロットには政略結婚としてではなく、人として、恋人として自分を好きになって欲しいと思った。

ジョエレはずっとそう考えていたからこそせっせと公爵家に足を運んでいたし、早く正式に婚約をと迫る両親を説得して、シャルロットには赤ん坊の頃からの約束があることを伝えていなかった。

ところが当のシャルロットは結婚や恋愛どころか、男性にすら興味のない女性へと成長してしまっている。これは公爵家の困窮具合と男性陣の不甲斐《ふがい》なさのせいもあるのだが、すっかりお金に厳しい現実主義者となり、今のところ結婚には、というよりジョエレを含む男性に興味がないらしい。

なんとかシャルロットの興味を引き男として意識してもらおうと努力をしてきたのだが、普通のアプローチではまったく彼女の心には響いていないらしい。

しかも最近では両親からシャルロットにその気がないのなら、彼女でなくてもかまわないから早く伴侶を見つけて跡継ぎを作るよう急《せ》かされるようになってしまった。

どうしてもシャルロットがいいのなら王命として婚約を申しつけることもできると言われたが、それではこれまでの努力が水の泡になってしまう。

王太子という立場上期限があることは十分理解していたから、最初で最後のチャンスのつもりでシャルロットに王城で過ごすよう持ちかけたのだった。

シャルロットを納得させたジョエレは、すぐさま公爵にも了承を求めた。口約束とはいえシャルロットに結婚を申し込むことへの言質を取っておきたかったのだ。

「というわけで、シャーリーをしばらく王城に滞在させたいのです」

「それはかまわないですが……」

ジョエレの考えを聞いた公爵は思案顔で頷いた。

かまわないと言いながらも納得がいかない顔をするのは、父親として当然のことだ。いくら相手が王太子とはいえ、結婚となれば可愛がってきた娘を手放すことになるのだから。

「叔父上も彼女の性格をよくご存じでしょう。無理に言うことを聞かせようとして聞くような性格ではありませんよ」

「それはわかっていますが、だからこそ気をつけていただきたいのです。接し方を間違えたらあの子は頑《かたく》なになって、二度と殿下のお心を受け入れる気持ちにはならないでしょう」

公爵の言う通りだった。だからこそこれまで慎重に進めてきたのだ。しかしジョエレにはもう時間がない。

もしも彼女に嫌われてしまったら、両親が薦める別の娘と結婚する覚悟もできていた。そこまでしてでもシャルロットを手に入れたいと思ったのだ。

すると隣で話を聞いていたオスカルが口を開いた。

「でもシャーリーは恋愛に免疫がないから、君が本気で迫れば案外あっさりプロポーズを受け入れるんじゃないのかな」

「これでも、今までも一生懸命気持ちを伝えてきたつもりなんだが」

オスカルはまるで恋愛の達人のような顔をしてアドバイスしてくるが、ジョエレは内心彼こそ恋愛に興味がないくせにと思いながら苦笑いを浮かべる。まあそのおかげで彼女を丸め込むことができたのだから、今回はオスカルには感謝してもいいだろう。

「もっとこう……物理的に逃げられない状況を作って自覚させないと」

「物理的に?」

「例えば王城に閉じ込めて説得するとか」

さすが恋愛に免疫のない男は物騒なことを口にする。するとそれを聞いた公爵が少し堅い声でふたりを窘《たしな》めた。

「殿下、結婚に関してはあの子の気持ちを尊重していただきたい。もし無理強いをなさるようなことがあったら、今後殿下には我が家の敷居を跨《また》がせるつもりはありませんのでそのおつもりで」

　のんびりとした公爵にしては厳しい言葉にさすがのジョエレも背筋を正す。

「もちろんです。公爵に認めていただけるように努力いたしますのでどうか見守っていてください」

「なんにせよ、僕も父上もあの子が幸せならいいんだ。妹を傷つけるようなことだけはしないでくれよ」

「わかっているさ」

　ジョエレは余裕を見せるように笑顔を浮かべたが、本当はどうすればシャルロットの心を手に入れることができるのかわからなかった。

＊＊＊　＊＊＊

「ほら、シャーリーこっちだよ」

　ジョエレの案内で庭園を散策していたとき突然肩を抱き寄せられ、シャルロットはその距離の近さに身体をビクリと大きく震わせてしまった。

「……っ！」

「シャーリー？　大丈夫？」

「な、なんでもないわ」

心配そうに顔を覗き込まれそう返したものの、心臓は早鐘のように鳴り響いていてなんだか息苦しく感じてしまう。

「今日は雲が出ているから寒いのかな？　侍女に羽織るものを持ってこさせようか」

「本当に大丈夫だから！」

むしろドキドキしているせいで全身に血が駆け巡り、体温があがってしまった気がする。

「そう、それならいいけれど。君が気に入りそうな場所があるから見せてあげようと思ってね」

ジョエレはシャルロットの肩を抱いたまま庭園の奥へと足を向ける。しばらく木々の間を縫うようにして歩くと、突然ガラス張りで柵のある大きな建物が姿を現した。

よく見ると建物は温室のようで、その周りは金属製の柵で仕切られている。

「ここは？」

「王城で管理している薬草園だよ」

ジョエレの言葉にシャルロットはパッと顔を輝かせる。

公爵邸では庭仕事をするのは日課だったが、ここに来てからというもの、華やかなドレスを着せられたり、王城付きだという教師にマナーを教わったりと、慣れないことばかりだ。だから王城にも薬草園があると聞き、嬉しくなってしまった。

「見てもいいの？」

「どうぞ」

ジョエレが気取った仕草で扉を開けたけれど、シャルロットはお礼もそこそこに温室へと足を踏み入れた。

「まあ！」

整然と、しかしずらりと並んだ棚には小分けに植えられた薬草の鉢が置かれていて、シャルロットが本でしか見たことのないような葉の形をしたものや、まったく知らないものもある。

公爵家では庭の一角を薬草園として地植えをしていたが、温室なら寒さに弱い植物も育てることができるから種類も豊富なのだろう。

「気に入った？」

「素晴らしいわ。これなら王城で必要な薬のほとんどがまかなえるでしょう？」

「僕はよく知らないけれど……ああ、ちょうど詳しい人間が来たようだ」

ジョエレの視線を追うと、棚の奥から作業着姿の初老の男性が姿を見せた。

「殿下」

男性は膝を折って頭を下げると、シャルロットにも柔和な笑みを向けた。

「シャーリー、彼はここの管理を任せている庭師のラクロワだよ。ラクロワ、彼女は僕のはとこでベルジェ公爵令嬢、シャルロットだ。シャーリーも公爵邸の庭で薬草を育てているから興味があるかと思って案内したんだ。仕事の邪魔をして悪いが少し見せてもらうよ」

「もちろんでございます。お嬢さま、ようこそいらっしゃいました」

もう一度膝を折ったラクロワにシャルロットも会釈を返した。

「ここにはモリンガやニシヨモギなんかはあるのかしら？　南の方の温暖な国でしか育てられないと聞いているけれど」

「もちろんです。ここは一年中一定の温度を保っておりますから、暖かな国の薬草もございます。よろしければお見せいたしましょう。どうぞこちらへ」

ラクロワは温室の奥の、さらにガラスで間仕切りされた部屋へと案内してくれる。

扉を通り抜けるとその先はさらに室温が高い。真夏とまではいかないが、普通のドレスを着て動き回っているとうっすら汗ばんでしまいそうな気温と湿度だ。

「こちらがモリンガです」

細い木にたくさんの丸い葉が密集していて、緑色の鮮やかさからよく手入れをされているのがわかる。

「初めて見たけれど、可愛らしい葉っぱね」

シャルロットが身を乗り出すと、ジョエレも横から顔を近づけて覗き込んでくる。

「これはどういう効果があるんだい？」

わずかにジョエレの息が頬を擽《くすぐ》ったけれど、シャルロットはなんとか平静を装ってモリンガの説明をした。

「!!」

「他の薬草に比べて含まれている栄養素の種類が豊富なので、病気を治すと言うよりも日常的に摂取することで健康を維持してくれるの。南方では〝奇跡の木〟として知られていてとても優秀なのよ。気温さえ保つことができたら生命力が強い植物だし、葉だけでなく花も実も食すことができるんですって」

「すごいじゃないか。そんな万能ならここでもたくさん育てた方がいいね」

「ええ。是非お勧めするわ」

ジョエレの純粋な驚きの声を聞き、シャルロットは思わず微笑んでしまった。

「お若いのによくご存じでいらっしゃる。お嬢さまは植物に詳しくていらっしゃるのですね」

ラクロワの感心したような言葉に、ただ本で読んだことがある知識を口にしただけのシャルロットは恥ずかしくなった。

「いいえ。実物を見たのは今日が初めてだし、モリンガは本で読んで興味があったから知っていただけなのよ」

「いえいえ。モリンガをご存じということは他の植物についてもよく勉強されていらっしゃるのでしょう」

「そうなんだ。シャーリーが育てた薬草をわざわざ分けてもらいに来る領民もいるんだよ」

「それはそれは」

ジョエレの言葉に、ラクロワにさらに感嘆の眼差《まなざ》しで見つめられて、シャルロットは本で読んだだけの浅はかな知識をひけらかしてしまったことが恥ずかしくてたまらなかった。

「本当にそんなふうに感心してもらうようなことではないのよ。でもできればまたお邪魔してお話を伺ってもかまわないかしら？」

もしかしたらここで勉強して、公爵家にない植物も新たに育てることができるかもしれないと考えたのだ。

「どうぞどうぞ。お時間がございましたらいつでもいらしてください。私もお嬢さまのお話を伺えるのを楽しみにしておりますので」

ラクロワに見送られて温室を出ると、シャルロットはジョエレに感謝の言葉を口にした。

「ジョエレ、素敵な場所に連れてきてくれてありがとう」

「気に入ったのなら王城に残って好きなときに出入りしてくれてもかまわないよ。ここに来てから一番いい顔をしていたから、毎日通われたらラクロワに嫉妬してしまいそうだけどね」

ジョエレの言葉にシャルロットは一瞬呆けて、それから声を立てて笑ってしまった。

「もう！　ジョエレったら！　またそんな冗談を言うんだから」

シャルロットが王城に滞在するのは一時的なものだとわかっているはずなのに、そんなことを言うなんて冗談としか思えなかった。

するとジョエレはなぜかシャルロットを見つめながら大きな溜息をついた。それはガッカリしているように見えて、シャルロットは自分がなにかおかしなことを言ってしまったのかと首を傾げた。

「ジョエレ？」

しかしジョエレはシャルロットの問いにこたえることはない。唇にサッと笑みを浮かべて気持ちを切り替えてしまったようだった。

「次の場所へ案内しよう」

そう言ってそのあとも王城内のいくつかの部屋を案内された。例えば音楽を演奏して楽しむための部屋にはピアノをはじめ多種類の楽器が収蔵されていたり、公爵家とは比べものにならないほどたくさんの本が並んだ図書室、ダンスの練習をする専用の舞踏室にはシャルロットもすでに何度か足を踏み入れたことがあった。

そして最後に案内されたのは美術品などが収蔵されている部屋だった。収蔵といっても丁寧に管理されているというよりも、展示されていない調度品や絵画に埃《ほこり》よけの布をかけてただ置いてあるという感じで、悪く言えば物置に近い。

そこはシャルロットが初めて足を踏み入れる場所だった。

ジョエレもさして興味がないのか、いくつか案内するうちのついでという態《てい》で、さして重要な場所という感じでもない。

シャルロットも美術品には詳しくないが、王城ならもっと管理に手をかけられるはずで、それこそ扉を開けるための従僕よりこちらにお金をかけるべきだと素人ながらに思ってしまうような部屋だった。

「まあ。これは王妃様じゃなくて？」

いくつかの美術品を見て回りながら、シャルロットは辛うじて壁に掛けられた絵の前で立ち止まった。

最初はただの若い女性の肖像画だと思ったのだが、よく見れば王妃の面影がある。年頃はシャルロットと同じか少し上ぐらいだろうか。等身大サイズの肖像画で、薔薇園《ばらえん》に佇《たたず》んだ女性がこちらに笑顔を向けている絵だった。

「ああ、これは母が嫁いできたときに描かれたものじゃないかな。最近のものは回廊などに飾られているけれど、僕もほとんどここには来ないから、こんなものがあったのは知らなかったよ」

「素敵な絵ね」

そう言ったものの、あまり保存状態がいいとは言えない。このような保存方法ではいつか絵が朽ちてしまうのではないかと、素人ながらに心配になってしまう。

しかしお金の管理や領地経営のことなら詳しいが、美術品に関しては門外漢の自分が口を出すのはあまりにも僭越《せんえつ》な気がしてしまう。

こんなとき兄のオスカルならいいアドバイスができるはずだとシャルロットは思った。彼は子どもの頃から教師について絵画の勉強をしており、美術品の価値にも詳しいのだ。兄ならなんとアドバイスをするだろうと考えながら、シャルロットは控えめに尋ねた。

「ジョエレ、どうしてこのお部屋にある美術品はこんなに雑に扱われているの？」

「さあ。僕もこういったものの管理には詳しくないけれど、確かに……もう少しきちんと収蔵させた方がいいね。あとで装飾品の管理を担当する者に聞いてみよう」

「そうした方がいいわ。私には他の美術品の価値はわからないけれど、王妃様の肖像画だけはきちんと保存した方がいいと思うの。私のお母様は……色々あって家を出てしまったけれど、姿絵は家族の居間に飾ってあるのよ」

シャルロット自身は駆け落ちという形で家を出てしまった母の肖像画が飾られているのは父を傷つけるのではないかと心配したが、彼女が兄とシャルロットの母親であることは変わりないという父の言葉に、今も肖像画は家族の居間に飾られたままだ。

ましてやジョエレと王妃の間に確執があるとは耳にしていない。つまりは将来シャルロットよりも母を懐かしみ、その姿を目にしたいと思う日が来るはずだと思った。その時にこの絵が朽ちていたら、きっと悲しい気持ちになるだろう。

「王城には美術品の修復や管理を専門としている部門があるのでしょう？　もう少しその人たちに管理のあり方を見直させた方がいいわ」

シャルロットは以前兄がそんな話をしていたことを思い出して言った。

「シャーリーの言う通りだ。確かに管理がずさんすぎる。さっそく誰が管理をしているのか確認してみるよ」

ジョエレはそう言って微笑むと、シャルロットの手を握りしめた。

「……！」

一瞬手を取られてドキリとしてしまったが、すぐに感謝の意だと気づく。それぐらいのことでドキドキしてしまった自分が恥ずかしくなった。

「シャーリーのおかげで普段見逃してしまっていることに気づくことができた。ありがとう」

「そんな……大袈裟だわ」

握られている手が気になって、うわの空で首を横に振る。

どうしてジョエレと手を繋いだぐらいでこんなに緊張してしまうのだろう。先日ジョエレに口付けられてからは特に彼が近づいてくるとドキドキしてしまうのだ。

過剰反応しているとわかっているのだがまた彼にキスをされるのではないかと考えてしまい、彼の一挙手一投足が気になってしまう。

もしまたキスをされたら自分はどうすればいいのだろう。もうしないと約束したのだから怒った方がいいのか、それとも受け入れる？　そこまで考えてシャルロットは恥ずかしくなった。

どうしてジョエレのキスを受け入れるなどと考えたのかと頬が熱くなる。そもそも彼はどんなつもりでキスをしたり、こうして触れてきたりするのか理由を知りたい。

これまでのようにはとことして親しく接しているのだとしたら、シャルロットが期待しているみたいだ。でも冗談で口にしているシャルロットへの好意が本物だとしたら？　そのときどう返事をすればいいのかわからない。

こんなにドキドキして気持ちがかき乱されるのは生まれて初めてで、シャルロットはこうして考えて悩むことが恋の始まりだとまでは考えが至らなかった。

「それにしても質素倹約を心がけるシャーリーのことだから、いっそここにある美術品など収蔵の手間や管理費が無駄だから処分しろと言い出すのかと思っていたよ」

「そんなことないわ。お兄様と違って私はあまり美術品に詳しくないけれど、美しいものは美しいというぐらいはわかるもの。まあうちの場合は屋敷の維持費のために古いものはあらかた処分してしまったけれど」

シャルロットの采配で屋敷の美術品をいくつか処分するとき、オスカルはとても残念がって屋敷に鑑定に来た古美術商ともあれこれ専門的な話をしていた。

子どもの頃から油絵などを趣味にしていたから、無学なシャルロットと違い屋敷の美術品に思い入れがあったのだろう。

「シャーリーさえよければ、そのうちここの管理について相談したいな」

「もちろんかまわないけれど、私は素人よ？　同じ素人なら兄の方が詳しいわ」

「それならオスカルにも聞いてみよう。どちらにしてもシャーリーの意見も聞けたら嬉しいな」

そう言って目尻を下げたジョエレの笑顔はとても魅力的で、シャルロットはついつい頷いてしまう。そしてこの笑顔が自分だけに向けられるものならどんなに嬉しいだろうと、頭の隅でらしくないことを考えてしまった。

そうして数日を過ごしているうちに、シャルロットが王城に来た目的のひとつである王家主催の夜会が開かれる夜になった。

シャルロットが待ちに待っていたこの夜会は定期的に開かれているもので、王と王妃がホストとなって貴族たちを招いて開催されている。参加資格はランブランの貴族で男女共に社交界にデビューできる成人年齢に達していることで、主に貴族の交流、また未婚の者たちの婚活の場として人気があった。

　王家主催なら身分の卑しい者がいるはずもなく、結婚相手を見つけるのに最適な場所だとシャルロットはかなり期待をかけていた。

　シャルロット自身は成人年齢に達したばかりだが、これまで夜会というものには一度も出席したことがなく、初めての体験に緊張しながらジョエレのエスコートでホールに足を踏み入れた。

　色とりどりの夜会服に身を包んだ様々な年齢の男女がひしめき合う様子は壮観で、シャルロットは知らず感嘆の溜息を漏らす。

　マナーを教えてくれている教師の話によれば夜会にも色々な種類があり、このように王家主催のものは幅広い年齢層の人々が集まるが、若い男女のために開かれるものや、一定の高い身分を持った者たちだけが集う会、親しい友人たちだけで集まる晩餐など集まりの種類をあげるときりがない。

　つまりはその気になれば毎晩のように夜会や晩餐がどこかの屋敷で開かれていて、招待さえあればいくらでも社交の扉は開かれていることになる。

　ジョエレに伴われホールに入ったとたん、おしゃべりでざわめいていた会場内が一瞬静かになって、近くにいた人々がさっと膝を折り礼の姿勢になった。

王太子ジョエレに敬意を払っているのはわかるが、視線は一緒にいるシャルロットにまで注がれていて緊張してしまう。これまでこんなにもたくさんの人が集まる場所に立ったことがなく、見つめられるのも初めてだったからだ。

その日のシャルロットのドレスは前の晩にジョエレの侍従が届けてくれた淡いピンク色の夜会服だった。一緒に靴やアクセサリーも添えられていてシャルロットはその豪華さに驚いてしまった。

「夜会服ですから、明日の王家主催の夜会で身に着けて欲しいということでしょう」

ドレスを前に満足げなフルールの言葉に頷き言われるがまま着替えをしたが、エスコートのため部屋に迎えに来てくれたジョエレの胸元には、なぜかドレスと同じピンク色のハンカチーフが飾られていた。

ドレスはすべてアドリーヌのものという話だったが、兄妹でこうして同じ色を身に着けていたのだろうか。たくさんの人々の視線を感じながら、シャルロットは改めてそんなことを考えた。

こんなことならジョエレとは別々にホールに入るべきだったかもしれない。きっとこれまで社交の場で見たことがない貴族令嬢が、なぜ王太子と一緒にいるのだと不思議に思われているのだろう。

ジョエレにそのことを伝えると、彼は苦笑しながら小さく肩を竦めた。

「君があまりにも美しいから、謎の美女の素性を知りたくてウズウズしているんじゃないかな。ほら、さっそく偵察部隊がやってきた」

　そう言った視線の先には父と同じぐらいの年齢の男性が、揉《も》み手をしながらこちらに歩いてくる姿があった。

「王太子殿下、お久しぶりでございます」

　膝を折った男性は、顔をあげながらシャルロットにチラリと視線を向けた。

「今宵《こよい》はずいぶんと美しいご令嬢をお連れですね。ご紹介いただいてもかまいませんか？」

「もちろん。彼女はベルジェ公爵の長女、シャルロット嬢だ」

　ジョエレがそう口にしたとたん、遠巻きに三人のやりとりを見守っていた人々が小さくざわつき始める。何事だろうと確認する間もなく男性を紹介され、シャルロットは慌てて笑顔を浮かべた。

「シャーリー、彼はマルロー伯爵だ。君と同じ年頃の娘がいるからあとで紹介してもらうといい」

「お初にお目にかかります。ベルジェ公爵家の娘でシャルロットと申します」

　教師に教えられた通り、ドレスの端を摑んで少し持ち上げながら軽く膝を折る。すると男性から予想外に大きな声が返ってきた。

「なんと！　こちらの女性があの⁉　お噂《うわさ》はかねがね伺っておりましたが、いや噂とは当てになりませんな。聞いていた以上にお美しい。なるほどうちの娘になど、殿下が興味をお持ちにならないのも納得できますな」

噂とはなんのことだろう？　もしかして実は公爵家の窮乏はすでに有名な話で、社交界で噂になっているのだろうか。

しかしその答えを聞く間もなく別の男性が話に割り込んでくる。

「殿下、どうか私めにもこちらのご令嬢をご紹介くださいませ」

ひとりがそう言い出したとたん次から次へと人が集まってきて、気づくとジョエレとシャルロットの前には挨拶のための行列ができてしまう。夜会の主催者である王陛下と妃殿下の元にたどり着く頃には、シャルロットはすっかり人いきれで逆上《のぼ》せてしまっていた。

王と王妃には王城に到着した翌日に謁見をしており、ジョエレによればシャルロットが婚活のために滞在することに了解済みだという。

「まあ、なんて可愛らしいのかしら！　やっぱり女の子はいいわね！」

夜会服姿のシャルロットを見て、王妃が歓喜の声をあげた。

「今夜はお招きいただきありがとうございます」

シャルロットははにかみながら膝を折った。

「シャルロットさんは夜会に出席するのが初めてなんですってね。楽しんでくださいね」

「ありがとうございます。それにアドリーヌ様のお召し物を拝借させていただきありがとうございます」

ドレスを借りていることについて一度も礼を述べていなかったのを思い出しそう口にしたが、王妃はシャルロットの言葉に怪訝《けげん》そうな顔をした。

「あら、あの子の持ちものにそんなドレスはなかったはずだけれど……ええ、私は作ってあげたことはないわね。ああ、これはジョエレがあなたのために仕立てさせたものでしょう？」

「え？」

「第一あなたとアドリーヌでは身長が違いすぎるわ。あなたの身長なら小柄なアドリーヌのドレスでは丈が短すぎるでしょう。こちらにも多少の衣装は残っているかもしれないけれど、ほとんどは嫁ぐときに一緒に持っていったはずよ。隣国とはいえ、嫁いでしまえばこちらに戻る機会などほとんどないでしょうから」

最後の寂しげな王妃の言葉に胸を突かれる。きっと会えない娘のことを懐かしがっているのだろう。

そして王妃の言葉通りシャルロットの古い記憶の中でも、アドリーヌは一般的な女性の身長より小柄だった。それに比べてベルジェ家はのっぽとまではいかないが背が高い女性が多い。シャルロットも恵まれた伸びやかな体躯《たいく》とすらりと長い手足を持っていて、逆ならまだしもシャルロットが小柄な女性のドレスを身に着けるのは難しいだろう。

どうしてそんな当たり前のことに気づかなかったのかと恥ずかしくなったが、その勘違いの原因を作った男性は隣で涼しい顔をしている。

一緒に話をしていて嘘《うそ》がバレたことに気づいているはずだが、どうやらしらを切るつもりらしい。やっとジョエレにそのことを問い詰めることができたのは、彼に誘われてダンスフロアに出たときだった。

「どうしたの？　そんな仏頂面をして。可愛い顔が台無しじゃないか」

ダンスフロアでも相変わらず人々の注目を集めていて、本当なら嘘でもいいから笑顔を作らなければいけないことはわかっているけれど、ジョエレに腹を立てているシャルロットにそんな器用なことはできなかった。

「あなた、本当はどうして私が怒っているのかわかっているのでしょう？」

「さあ？　君を怒らせるようなことをしたかな？」

「もう！　ドレスのことよ！　私の部屋にあるドレスはアドリーヌ様のものでもう使わない、もったいないから使ってくれって言ったのはあなたじゃない。でも先ほど王妃様のお話を伺ってあなたが嘘をついているって気づいたわ」

「ああ、そのことか」

眉を寄せて不満を露わにするシャルロットとは逆に、艶《あで》やかな笑みを浮かべるジョエレ

には余裕がある。

「私が無駄が嫌いだと知っているでしょう？　私のためにわざわざドレスを仕立てるなんて知っていたらここに来たりしなかったわ」

もともと王城に来ることはあまり乗り気ではなかった。王城に滞在するにはそれなりの身なりを整える必要があり、今の公爵家にはそれをするだけの財力がない。アドリーヌのドレスがあるからとか、兄のため、公爵家のためと説得されたのに、騙されていたと思うとジョエレの言葉を簡単に信じた自分の浅はかさが恥ずかしくなる。

シャルロットが不機嫌なままジョエレに抱かれて踊っていると、彼がわずかに眉を寄せた。

「もしかして、新しいドレスは迷惑だった？」

「そ、それは……」

「君がそんなに嫌がるとは思っていなかったんだ。ただ君に似合うドレスを着て欲しくて仕立てただけで悪気はなかったんだけれど……そんな顔をさせてしまうなんて、僕が悪かった。ごめんね」

悲しそうに眉尻を下げるジョエレを見て、シャルロットは一気に罪悪感に包まれてしまった。

新品かお下がりかどうかは別にして、こんな華やかな夜会服を着るのは嬉しいし、晴れがましい気持ちになる。

考えてみればせっかくジョエレが好意で用意してくれたのに、こちらの都合で責めてばかりで失礼だったかもしれない。彼に謝られて初めてそのことに気づいた。

「あの……迷惑だなんて思ってないわ。新しいドレスは嬉しいし……ドレスを仕立ててくれてありがとう」

「うん」

ジョエレの唇が緩むのを見てホッとする。彼の悲しそうな顔は見たくなかった。

「でも……でもね、もうこういうことはしないで欲しいの」

シャルロットはジョエレの笑顔を眩しく思いながら目を伏せた。

「どうして？」

「だって……わかっているでしょう？　あなたにこんなによくしてもらっても、私には仕立ててもらった代金を返す方法がないんですもの」

すると頭の上でジョエレが溜息をついた。

「わかった。僕は返してもらおうなんて考えたこともないけれど、次に仕立てるときは君の許可をもらう。それならいいだろう？」

「まあ……それなら」

シャルロットが同意しなければいいのだと思い渋々頷いた。

「次回はちゃんと仕立屋に採寸してもらわないとね。そのドレスは君が持っているドレスと僕の勘で仕立てたようなものだから」

その言葉にシャルロットは驚いて目を見開き、それからその意味を理解して恥ずかしくなった。

ジョエレの勘ということは、彼はシャルロットの身体を見て寸法を確認していたことになる。採寸の代わりとはいえ、男性に身体をまじまじと見つめられていたのだと思うと羞恥心が刺激されてしまう。

「と、とにかくもうそういうことはしないでね！」

シャルロットが早口で返したところで、ワルツが終わる。ホールで踊っていた人たちの輪が崩れ、気づくとシャルロットたちは貴族たちに囲まれていた。

「殿下、とても素敵なダンスでしたわ」

「本当に。息もぴったりでフロアで一番目立っていましたよ」

「是非、次は私ともお相手いただきたいですわ」

「いやいや、是非うちの娘とも踊ってもらわないと」

集まってきたのはジョエレの次のダンスの志願者たちで、ジョエレに腕を取られていなければその輪の中から押し出されそうな勢いだ。

ふと視線を感じて視線を巡らすと、少し離れた場所で一際華やかな若い令嬢たちのグループがこちらを見つめていた。

顔を寄せ合い扇に口元を隠して囁《ささや》き合っているからなにを話しているかはわからないが、嘲笑というか含みのある眼差しだ。

その中でもひとり、シャルロットに一段と強い視線を向ける女性がいた。

そこにいるだけで華やかな娘たちの中でも、飛び抜けて容姿が整っている。明るい栗色《くりいろ》の髪は複雑な形に結い上げられ、首や腕にはキラキラとまばゆい光を放つ宝石が重たげに巻き付いていた。

不躾《ぶしつけ》とも言えるほど鋭い視線に、さすがのシャルロットもたじろいでしまう。こういうときは話しかけた方がいいのだろうか。

シャルロットがなんとか笑みを浮かべ会釈をしようとした次の瞬間、その女性はパッとシャルロットから顔を背けてしまった。

嫌悪するような、不快なものなど目にしたくないという態度にキュッと胸が痛くなる。なにか彼女に失礼なことをしたのか心配だったが、ジョエレに腕を叩《たた》かれ、シャルロットは諦めて彼女から視線を外した。

「シャーリー？」

「え？」

別のことに気を取られていたシャルロットが一瞬きょとんとした顔をすると、ジョエレは苦笑しながら取り囲んでいた人々に視線を向けた。

「喉が渇いてしまったので失礼します。どうぞこのあともお楽しみください。シャーリー、なにか冷たいものでも飲もう」

ジョエレはそう言うと、自然な仕草でシャルロットの腕を取り人々の輪から抜け出した。

いつの間にかジョエレ目当ての貴族たちは一掃され、自然な仕草で腕を取られて歩き出していた。

「疲れた？　ずっと黙っていたから心配したよ」

「あ……大丈夫よ。皆さんあなたと話したそうにしていたから黙っていた方がいいと思って」

これは本当だ。王太子であるジョエレを独り占めしていては申し訳ない。もしかしたら先ほどの令嬢たちはいつまでもジョエレを独占していたから怒っていたのかもしれない。

「ダンスは楽しめた？」

そう尋ねられて初めて、シャルロットは今のダンスが家族以外の男性と踊る最初のワルツだったことに気づいた。

というか初めてのダンスはもっと緊張してステップを間違えてしまうだろうと心配していたのに、ジョエレのリードはまったくそんなことを感じさせなかった。シャルロットは驚きながらジョエレの顔をまじまじと見つめた。

「とても……気分よく踊れたと思うわ」

ジョエレはかなりダンスが得意なのだろう。王太子だから今までもたくさんの女性と踊っていて経験も豊富だから、シャルロットのような初心者にも慣れているのかもしれない。

しかしジョエレが他の女性と踊る姿を想像したら、思い掛けず嫌な気持ちになった。

先ほどの令嬢たちもジョエレと踊ったことがあるのだろうか。

突然自分以外の女性との経験を見せつけられた気がして、なぜかモヤモヤとした気分になってしまう。けれどもシャルロットにはそのモヤモヤする理由がわからず、ただジョエレの美しい碧い瞳を見つめることしかできなかった。

4

「ジョエレの嘘吐《うそつ》き！」

夜会の翌日、せっかく午後のお茶の時間にご機嫌伺いに来たジョエレに向かって、シャルロットは思わずそんな乱暴な言葉を投げつけた。

それは今朝目覚めてからずっと溜まっていた不満で、ジョエレの顔を見たら言わずにいられなかったのだ。

すぐそばでお茶の準備をしていたフルールがチラリとこちらを見たものの、給仕を済ませるとサッと部屋を出て行って、すぐにジョエレとふたりきりになった。

ジョエレはシャルロットの言葉にさして驚いた様子がないのも腹立たしい。それどころか公務を終えたあとだからか、上着を脱いで寛いだ様子でソファーに腰をおろしている。

「せっかく夜会に出席したけれど、誰も私をダンスになんて誘ってくれなかったわ！　今朝だって殿方からお花や招待状が届くこともなく静かなものだったのよ」

たくさんでなくてもひとりやふたりぐらいなら物好きな男性が自分に興味を持ってくれ

ることに期待していたし、そのためにマナーの勉強もし、夜会にも出席したのだ。それなのに誰からも連絡が来ないのだから話が違うと言いたくなるのは当然だろう。

ジョエレはシャルロットの怒りに任せた言葉にも狼狽える様子はなく、フルールが用意してくれた紅茶のカップを手に取った。その余裕がある態度がさらにシャーリーの怒りに油を注ぐこともわかっているのだろうか。

彼はシャルロットを王城へ誘うとき、公爵令嬢という身分だけで引く手あまただというような甘言を口にしたのだ。ところが昨夜の夜会では、最初の挨拶のときこそ行列ができたが、そのあとはダンスどころか男性に声をかけられる気配などまったくなかった。

仕方なくジョエレに誘われそのあと二回もワルツを踊ったが、誰にも声をかけられないのはあまりにも惨めで、昨夜は意気消沈して部屋に引き上げたのだった。

一晩明けてやはり誰からの花も手紙も届いていない現実と昨夜の惨めな気持ちが相まって、シャルロットの怒りはいい加減な言葉で王城へ誘ったジョエレに向けられていた。

だからこそなに食わぬ顔で姿を見せたジョエレの顔を見た瞬間、開口一番嘘吐き云々《うんぬん》の言葉が飛びだしたのだった。

「あなたは公爵家という名前だけですぐに結婚相手が見つかるようなことを言ったけれど、皆さん私には興味がないようよ。誰ひとり私をダンスに誘おうという人はいなかったわ」

怒りに任せてそう口にしたけれど、自分で自分の魅力のなさを説明しなければならないのは惨めすぎる。

自分の不甲斐なさにがっくりと肩を落とすシャルロットを見て、ジョエレは手にしていた紅茶のカップをゆっくりとソーサーに戻した。

「昨日はみんな初めて社交の場に出てきた謎の公爵令嬢の様子を窺《うかが》っていたんじゃないかな」

「謎の公爵令嬢って……私が皆さんから見たらどこの誰かもよくわからない胡散臭《うさんくさ》い存在に見えたってこと？」

シャルロットの問いにジョエレが噴き出した。

「僕がエスコートしているんだからそんなことを思う人間がいるわけないだろ」

「だったらどうして？　皆さん公爵家が裕福でないことを知っていて警戒しているとか？　それともお父様やお兄様が実は王城で嫌われているとか？」

あのふたりのことだ、自由に振る舞いすぎて周りの人に引かれてしまっているということも十分ありえる。なにせ父も兄も顔はいいのに人付き合いが苦手なのだから。

実際王城に来てから何度か父と兄と面会をしたけれど、シャルロットに職場の人間を紹介してくれるわけでもなく、こちらの苦労などどこ吹く風だったのだ。

するとシャルロットの言葉にジョエレは声を立てて笑い出した。

「ははは っ。シャーリーは飛躍しすぎるね。僕はそれよりもっと単純なことだと思うけど」

「単純なこと？」

「うん。君自身のことだよ」

シャルロットは謎かけのような言葉に首を傾げた。

「僕はそう思わないけど、君に男性を惹きつける所作が足りないのかもしれないよ」

「え？」

「男性だって女性に秋波を送られたり、謎めいた眼差しで見つめられたら悪い気はしないだろう？　男性の方からも話しかけやすくなる。でもシャーリーはそういう駆け引きなどしたことがないだろ。僕は君のそういう飾らない真っ直ぐなところが魅力だと思っているけれど、そうじゃない人間もいるんじゃないかな」

言われてみれば、貴族の令嬢は社交界に出る間に母親や家庭教師から男性の気を引く方法や、男性に好かれる態度を学ぶのだとジョエレも言っていた。

シャルロットの母は駆け落ちしてしまったから学ぶ相手がいなかったが、それなりの手練手管が必要であることはなんとなく知っていた。

「じゃあジョエレは、純粋に私が女性としての魅力に欠けていると言いたいのね？」

「うーん、そう感じる男性もいるかもしれないということだよ？　さっきも言ったけれど、僕は君に女性としての魅力を十分感じているからね」

「ジョエレに感じてもらっても意味がないのよ！　私は婚活をしに王城に来たんだから！」

　このままでは息巻いて屋敷中の人間の注目を浴びて王城までやってきた意味がなくなってしまう。身売りと言っては大袈裟だが、公爵家のためにお金持ちの貴族を探そうと覚悟を決めてきたのだ。

「ねえどうすればいいの？　私がどうしても結婚相手を見つけて帰らなければいけないのはあなたが一番知っているでしょう？」

　ジョエレは身を乗り出して訴えるシャルロットをジッと見つめ、それから仕方なさそうに口を開いた。

「相手が僕では物足りないかもしれないけれど、少し練習してみようか」

　つまりジョエレが相手役を務めて、指南をしてくれるということらしい。

「……いいの？」

　ジョエレの好意は嬉しいけれど、はとこ同士とはいえ甘えすぎではないかと心配になり、彼の顔色を窺う。するとその心配を拭い去るようにジョエレはにっこりと甘い笑みを浮かべた。

「もちろん。君のためなら」

「ありがとう、ジョエレ！　私あなたの好意を無駄にしないようにちゃんと練習して旦那様を見つけるから！」

彼の期待に応えるべくそう口にしたのだが、ジョエレはわずかに眉を顰《ひそ》め複雑な表情を浮かべた。

まだ一度も男性に誘われた経験もないのに旦那様なんて気の早いことを言ったからそんな顔をしたのかもしれない。でもそれをからかわないのは、彼もこの婚活を応援してくれているからだろう。

なんとしてもジョエレの期待に応えなければ。そう息巻いた瞬間、シャルロットの前で、ジョエレがスッとソファーから立ち上がる。そしてシャルロットの横に回り込むと優雅な仕草で手を差し伸べた。

「シャルロット嬢、一曲お相手を願えませんでしょうか」

唇に浮かんだ甘やかな笑み、碧い瞳にはシャルロットの視線を釘付《くぎづ》けにする強い光が宿っていて、思わずドキリとしてしまった。彼はこんな顔をする人だっただろうか。

彼の微笑みに目を奪われてとっさに返事のできないシャルロットを見て、ジョエレはクスリと笑いを漏らした。

「シャーリーは男性にダンスに誘われたらなんて返事をすればいいと思う？」

そう言われて、初めてそれが練習のための仕草だったことに気づく。すっかり彼の笑顔に見蕩《みと》れてしまっていたらしい。

これはただの練習で、ジョエレは相手役を演じてくれているだけだというのにどうしてこんなにドキドキしてしまうのだろう。そもそも彼はシャルロットの花婿候補ではないのに。

「……よ、喜んで」

シャルロットは震える手でジョエレの手を取った。そのままスッと手を引き寄せられて、シャルロットは流れるようにソファーから立ち上がらされていた。

「うん、いいね」

ジョエレと見つめ合ったまま、気づくと腰に手を回されダンスを踊るときのホールドの体勢になる。昨日は気づかなかったのに、腰に回された手からじんわりと彼の体温が伝わってきた。

「こうして男性の腕に抱かれたら、少し上目遣いで……そう、少し首を傾げてごらん」

シャルロットは言われた通り顔を傾け、ジョエレの端整な顔を見上げた。

「こう、かしら……？」

「ああ、いいね」

ジョエレはスッと頭を下げてシャルロットの顔を覗き込む。まるでキスでもされそうな距離にシャルロットは慌てて顔を背けた。

「シャーリー？　だめだよ、目をそらしたら」

「だって……近すぎるんですもの」

さらに顔を近づけられて、耳朶《じだ》や頬にジョエレの息が触れる。彼は他の令嬢と踊るときこんなに顔を近づけて話をするらしい。

ジョエレのその姿を想像したら、なぜか気持ちが昨晩のようにモヤモヤしてきてしまう。

「昨日私と踊るときは……こんなことしなかったわ」

「昨日の君は僕と踊るとき怒っていたから」

「あれは……ドレスのことがあったからでしょ！」

話をすり替えられそうになり、シャルロットは唇をへの字にしてジョエレを睨《にら》みつけた。

「それは昨日悪かったたって謝ったはずだよ。まだ許してくれないの？」

「……」

そんなふうに言われたら、シャルロットが意地の悪い女性のように聞こえる。それにいつまでも怒っているなんて子どもみたいだと自分でも思ってしまう。

「もう……怒ってなんかないわ」

俯《うつむ》いて小さな声で呟《つぶや》くと、次の瞬間チュッと音を立てて頬に口付けられた。

「……っ！　な、なにするの!!」

これまでも頬には挨拶がわりに何度も口付けられたことがある。それなのに今日は唇で触れられた場所が火傷《やけど》をしたときのように熱くヒリヒリしてしまい、シャルロットは思わず声をあげた。

「なにって、仲直りの印だよ。これぐらいいつもしているだろ」

ジョエレの言う通りなのだが、今日はなにかがいつもと違うのだ。腰を抱かれて身体の距離が近いからだろうか。ジョエレの体温や香りのせいなのか、クラクラと眩暈《めまい》を覚えてしまう。

「も、もう！　からかわないで！　他には？　なにをすればいいの？」

ドキドキしていることに気づかれたくなくて、シャルロットはプイッと横を向いた。

頭上でジョエレが笑う気配がしたけれど、それを確かめるのは恥ずかしくてジョエレの顔を見ることができなかった。

「じゃあ、次はもう少し本格的なことをしようか」

ジョエレはそう言うとシャルロットを再びソファーへと誘った。先ほどと違うのはジョエレがシャルロットのすぐ隣に腰を下ろしたことだ。

「ジョエレ？」

「次は、男性とふたりきりで話をするときの練習だよ」

そう言いながらシャルロットの手を握りしめる。

「男性はね、ふたりきりになったらこうして君に近づこうとしてくるはずだ」

もう一方の手で手の甲を撫《な》でられたとたん、背筋にゾクリとした痺れのようなものが駆け抜ける。それは全身に広がって、シャルロットの体温をあげた。

ジョエレに近づかれたり触れられたりするたびに身体が勝手に反応してドキドキしてしまうのはなぜだろう。これまではそんなふうに感じたことがなかったのに、王城に来てからはたびたびおかしな気持ちになってしまうのだ。

「こうして……君の温《ぬく》もりを確かめて。君を感じようとするだろう」

握られていた手が自由になり、その代わりに華奢《きゃしゃ》な肩を強い力で抱き寄せられる。

「ジョエレ……少し、近いわ」

あまり近づかれるとドキドキしている心臓の音が彼に聞こえてしまう。しかしジョエレは手を緩めるどころか、シャルロットの耳元に唇を近づけた。

「これは練習だよ」

言葉と共に肌に息がかかり、耳元の後れ毛が揺れてシャルロットの肌を擽った。

「……っ」

ジョエレが言う通りある程度の練習が必要なのはわかる。いきなり同じことを他の男性にされていたら、きっと戸惑って逃げ出していただろう。彼もそう思うから、予《あらかじ》め今のうちにどんなことが起きるのか教えてくれているのだ。

そうわかっているのに、ジョエレの息が触れるたびに肌が疼《うず》いて、身体が風邪の引き始めのように震えてしまうのだ。

「シャーリー、僕を見て」

蜂蜜のようにとろりとした甘い声に誘われ見上げると、ジョエレの碧い瞳がすぐ間近に迫っている。その距離に驚いてギュッと瞼《まぶた》を閉じたとたん、唇に温かく濡《ぬ》れたものが押しつけられた。それは……すぐにジョエレの唇だとわかった。

ジョエレの唇は火傷しそうなほど熱い。この前のように触れてもすぐに離れると思っていたそれは、シャルロットの予想に反してさらに強く、深く擦りつけられてくる。まるでふたりの間に横たわっていた距離をすべて覆い尽くしてしまうみたいだ。

「ん……んぅ……！」

熱く濡れた刺激に身を捩るけれど、肩を抱いていたはずの手は後頭部に回され動けないよう固定されてしまっている。もう一方の自由な手は顎に添えられて、シャルロットは身動きがとれなくなってしまった。

怖くなってジタバタともがいたけれど、ジョエレの腕の力が緩む気配はない。それどころか舌先で唇の間をなぞられ擽ったさに唇を緩めると、わずかな隙間から熱いものが滑り込んでくる。驚いているうちに舌は歯列を割ってあっという間にシャルロットの小さい口の中を満たしてしまった。

「は……んぅ……ぁ……」

熱い粘膜が濡れた口腔《こうこう》に擦りつけられ、小さな舌にもぬめる舌が絡みつき、そんなつもりはないのに唇の端から滴が零《こぼ》れ落《お》ちてしまう。ジョエレの舌が動くたびに背筋がゾクゾクして、肌が粟立《あわだ》ってしまうのだ。

「んぅ……ん、んんっ」

王城に来たばかりのとき唇に触れるだけのキスをされて怒ったことがあるけれど、このキスと比べたらあんなものは指が触れあうのと変わらない、挨拶のようなものだと今ならわかる。

こんなにも身体が震えて熱が出てしまいそうなキスとはまったく違った。あのときジョエレはシャルロットが可愛すぎてキスしてしまったと言ったけれど、彼の言う通りあれは子どもや動物が可愛くて示してしまう親愛の情のようなものだったのだ。

でもこのキスは違う。そう、性的にお互いを求めるときに交わすキスだと、誰が教えてくれたわけでもないのに本能的にそう思った。

物語で読んだ幸せで胸がいっぱいになるとか天にも昇る気持ちになるという感情は湧かなかったが、身体が微熱のように熱くなるというのは本当だと思った。

クチュクチュといやらしい音を立てて何度も口腔の中をぬるつく舌でかき回される。濡れた唇は首筋へも同じように口付けをくり返し、時折ぬめる舌がシャルロットの熱い素肌を舐《な》めて、その刺激に身体はブルブルと震えてしまう。

「あ……ん……」

鎖骨のくぼみに強く唇を押しつけられ、シャルロットの唇から自分のものとは思えないほど甘ったるい声が漏れた。

自分の唇が発したはずなのに、まるで誰か別の人の声みたいだ。

「ここが……気持ちがいいの？」

シャルロットは恥ずかしさのあまり慌てて頭を左右に振る。

気持ちがいいというより、擽ったくて身体の奥が引き絞られるようにキュンとしてしまうのだ。こんな気持ちになるのは初めてで、本能的にそれは恥ずかしいことだと思った。

「隠さなくていいのに。ほら、もっと可愛い声を聞かせて？」

気づくとジョエレに身体をもたせかけ、大きな手のひらがシャルロットの柔らかな胸の膨らみを弄《いじ》っていた。

不思議なことだが、ドレスの上からだというのに彼の大きな手の感触が伝わってくる。下からすくい上げ弾力を楽しむように揉《も》みしだかれているのに、シャルロットにはその行為を拒むことができなかった。

それどころか行為自体は恥ずかしいのに、ジョエレにならもっと触れていて欲しいような気持ちになってしまう。

「はぁ……んん……」

甘ったるい吐息が漏れた唇を、再びジョエレのキスが塞ぐ。

「んぅ！」

今度はすぐに舌が絡みついてきて、ヌルヌルと舌を擦りつけられて、シャルロットもわけがわからないまま同じように自分の舌をジョエレのそれに擦りつけてしまう。

そうしているとお互いの舌が不規則に動いて擦れ合うのが気持ちよくてたまらなくなる。

他の人と口付けてもこんなに気持ちがいいものなのだろうか。

これが練習であることも忘れて、気づくとシャルロットはジョエレとのキスに夢中になっていた。

クチュクチュと唇の間から水音が漏れて、ジョエレがジュッと音を立てて唾液を吸い上げる。それでも吸いきれなかった滴が緩んだ唇の端から零れると、ジョエレの舌が追いかけてきてそれを舐めとった。

「ひぁ……ン！」

火照った素肌を舌が這《は》うだけで、自分の身体ではないみたいに快感に震えてしまう。

「ん……ぁ……はぁ……っ……」

その感触に思わず愉悦に濡れた甘ったるい声を漏らすと、首筋に唇を押しつけていたジョエレがシャルロットの顔を覗き込みクスリと笑いを漏らした。

「シャーリー可愛い」

瞼の上に濡れた唇を押しつけられて、その甘い刺激にシャルロットは再び吐息を漏らしてしまう。

「はぁ……っ……」

ついさっきまでは恥ずかしくて触れられることに抵抗を覚えていたはずなのに、今はジョエレの体温を間近に感じることを快く思えてしまうのだ。どうしてそんな気持ちになってしまうのか自分でも理解できない。しかし次のジョエレの言葉に、シャルロットは頭を殴られたかのようなショックを受けた。

「いいかい、シャーリー。未婚の女性にこういうことをする男にだけは騙されたらだめだよ」

「……えっ⁉」

これは練習ではなかったのだろうか。ジョエレがすることに間違いはないと思っていたシャルロットは、信じられない気持ちでジョエレを見上げた。

できれば立ち上がって彼を問い詰めたいところだが、初めての淫らなキスで蕩《とろ》けてしまった身体はいうことを聞きそうにない。

「こんなふうに君みたいな無垢《むく》な女性につけ込んで好き勝手しようとする男もいるから、絶対に誘われてもふたりきりになってはだめだよ。シャーリーはこんなにも簡単に僕に騙されてしまうんだから。これが知らない男性だったらどうするつもり？」

「……どういうこと？」

つまりこれは教訓で、ジョエレは騙されてはいけない男性を演じていたということだろうか。だったら最初からそう教えてくれれば拒むこともできたのに。

そんなことも知らずにジョエレの口付けに媚《こ》びるように甘い声をあげてしまった自分が恥ずかしくてたまらなかった。

「ひ、ひどいわ！　私はあなたが教えてくれるというからその通りにしたのに！」

シャルロットは叫びながらソファーから立ち上がり、ジョエレの腕の中から飛びだした。

「あなたはいつも女性にこういうことをしているのね！　だから手慣れていたんだわ‼」

「シャーリー、それは違うよ！　僕は好きな女性にしかしない！」

「だってたった今私に触れたじゃないの！　こんなふうに私をからかうのなら、もう次の夜会では私のそばに来ないで！　結婚相手ぐらい自分でなんとかするわ！」

もうジョエレに頼ってはだめだ。こうしてなにも知らないシャルロットをからかって面白がっているのだから。

彼にとってはシャルロットの婚活など娯楽のひとつなのかもしれないが、こちらは真剣なのだ。

シャルロットはパッと身を翻すと続き部屋になっている寝室に駆け込んで鍵をかけた。

5

その数日後、王城では再び夜会が開かれた。

今回は夜会の前に選ばれた貴族だけが参加できる晩餐会も開かれたが、シャルロットはジョエレとは離れた席に案内された。シャルロットがひどい剣幕で近づくなと怒ったから、さすがのジョエレも配慮をしてくれたのかもしれないと胸を撫《な》で下《お》ろした。

晩餐会は男女が交互に席につくように配置されていて、シャルロットの両隣はボリビエ伯爵とサブレ侯爵だった。どちらも身分のある男性だが既婚者で、ボリビエ伯爵など父親の年齢を通り越して、祖父と呼んでもいい年頃だ。若く未婚のシャルロットの結婚相手どころか話し相手にも相応しいとは思えなかった。

実際周りを見回すと若い女性の隣には必ずと言っていいほどひとりは若い男性が配置されていて、話が弾んでいるのかみんな笑顔で言葉を交わしている。

席次は主催者が決めるが、シャルロットにはジョエレのいやがらせとしか思えなかった。そばに来るなと怒ったから、わざとこんな配置を考えたのかもしれない。

婚活を勧めてきたのはジョエレなのに、どうして邪魔をするのだろう。

晩餐の後夜会に流れると、シャルロットの心配通り若い男性はみな最初のダンスの相手が決まっていて、シャルロットはボリビエ伯爵に申し込まれてその日最初のダンスを踊ることになった。

少しお腹《なか》の突き出た足元の覚束《おぼつか》ない老伯爵の相手は、ダンスと言うより介護だ。きっと周りから見れば滑稽な光景だろう。男性の気を引くために着飾った令嬢と祖父ほど年の離れた男性がダンスフロアをふらふらしているのだから。

この日のシャルロットはフルールの薦めで衣装部屋にあった若草色の夜会服を身に着けていた。

「シャルロット様の瞳は淡い色味ですから髪に生花を飾ればバランスがよく華やかに見えますわ」

「そうかしら？」

ずっと自分の菫色の瞳と若草色は相性が悪いと思って避けていた組み合わせだったが、髪に淡い黄色や白い生花を飾ると、確かに全体の色の配置がよくなった。

最初はフルールの言葉に半信半疑だったけれど、実際に身に着け鏡を覗《のぞ》いていると自分で思っていたよりも可愛らしく仕上がっていて悪くない。

ジョエレと仕立ての件でケンカをした後に身に着けるのは気が引けたが、相応しい衣装を持っていないのだから仕方がないとフルールの提案を受け入れるしかなかったのだ。

「どうしてベルジェ公爵は年頃の娘を表に出さないのだと思っていたが、シャルロット嬢、あなたを見たらよくわかったよ。今夜のあなたは春の妖精のようだからね。お父上も殿下もいつまでも君を閉じ込めておきたいのだろう」

どうしてジョエレが出てくるのかボリビエ伯爵の言葉には理解しかねる部分もあったが、春の妖精のようだと褒められたのは嬉しかった。

もし本当ならシャルロットの相手に相応しい若い男性もこれからダンスに誘ってくれるかもしれない。そんなシャルロットの期待は半分だけ叶えられた。

ボリビエ伯爵と別れたあとは、先日の夜とは打って変わって次から次へとダンスを申し込まれて、シャルロットは休む暇もなくフロアへと連れだされた。前回の夜会に比べたら大進歩なのだが、相手はシャルロットが期待していた若者たちではなかった。

なぜか晩餐の席順と同じくみな既婚者や壮年の男性ばかりで、身分がしっかりとしていて身持ちが堅そうなのはありがたいのだが、婚活をしにきたシャルロットにとっては対象外の相手ばかりだった。

それに引き換え今夜のジョエレの周りにも前回のようにたくさんの貴族が集まっていて、シャルロットが隣にいないからか、前回よりも若い女性が多いように見える。その中には先日の夜会でシャルロットを見つめていた美しい令嬢の姿もあった。

その隣にいるのは前回挨拶をしたマルロー伯爵でどうやら身内のような雰囲気だ。娘がいると話していたから、彼女がその娘なのかもしれなかった。

若い女性に囲まれ笑顔を浮かべるジョエレはまんざらでもなさそうで、妙齢のおじさまたちに囲まれているシャルロットは次第にいらついてきてしまう。あの中に彼の花嫁候補がいるのだろうか。

別にジョエレが誰と話をしようとダンスを踊ろうと自分には関係ない。そう何度も言いきかせるのに、気づくと目はジョエレの姿を捜していた。

先日ジョエレに練習と称して触れられたことを思い出す。最終的に近づいてくる男性に簡単に触れさせてはいけないという教訓にはなったけれど、彼が他の女性にあんなふうに接していると知ってしまったことが、なぜかシャルロットの胸にこたえていた。

ジョエレはあのとき、自分は好きな相手にしかそういう行為をしないと否定していたが、今夜女性たちに囲まれている様子やシャルロットに触れた手慣れた様子からすれば信用できない。

しかし一方では、女性たちがジョエレに魅力を感じてしまうのもなんとなくわかるようになっていた。

王城に来るまではただのはとこととして、兄のような存在としてしか見たことがなかったが、彼はこの国の王太子だから当然地位も権力もお金も持っていて、それだけでも女性は興味を持つ。

　それを差し引いて普通の男性として見ても、性格も悪くないし見た目だってこの会場の中では彼が一番見目麗しい。男性にしておくのは惜しいぐらいの整った完璧な顔立ちに、我が国では理想とされる金髪碧眼《へきがん》の組み合わせは、天は二物も三物も与えているとうらやましくなる。

　つまり女性から見れば彼は理想の結婚相手で、ジョエレが独身である以上あの状態は仕方ないとも言える。正直その中のひとりやふたりを兄に紹介してくれればすべての問題が解決するのにとも思ってしまうが、こういった集まりにあまり参加することのない兄には難しいだろう。

　シャルロットが老紳士たちとのダンスを終え、なにか飲みものをと思って給仕のそばに近づいたときだった。

「やあシャーリー、楽しんでいるかい？」

　シャルロットが給仕から受け取ろうとしていたシャンパンをかすめ取るようにジョエレの手が攫う。

　彼は一口グラスに口をつけてから、それをそのままシャルロットに手渡した。

「どうぞ、お姫様」

「……ありがとう」

新しいものを給仕に頼むこともできたけれど、彼がシャルロットのグラスやカップに口をつけるのはいつものことだ。他の女性にしているのを見たことがないから身内の気安さなのだろうと思いながらグラスを受け取った。

それがはとこだからという理由だとしても、他の女性とは違うと言われているようで、初めて優越感を覚えてしまった。実際には余程親しい、特別な関係でなければ男女でグラスを共有したりしない。

ふたりのやりとりを見ていた人々が、その親密さを見てなにやら納得顔で頷き合ったことに気づかないシャルロットは、当たり前のようにシャンパンを一口飲んだ。

「今夜はどんないやがらせをするつもり？」

ジョエレが心外だという表情で肩を竦めたけれど、もうその手にはのらないとジョエレの整った顔を睨みつけた。

「先に言っておきますけど、もし私がおじさまたちに囲まれて楽しんでいるように見えるのなら、あなたの目は相当節穴なんじゃないかしら」

「おやおや。僕の可愛いシャーリーはご立腹のようだ」

ジョエレはわざと強調するように、周りに聞こえるような大きな声で言った。

ここで怒って言い返すシャルロットを悪者にしたいのだろう。しかしその手にはのらないと、シャルロットはジョエレの袖を引くと耳に唇を近づけて、彼の耳だけに向かって囁いた。

「当たり前でしょう！　この会場に私と結婚したいと思っている人はいないわ！」

しかしずっと鬱憤がたまっていたシャルロットはつい言葉を荒らげてしまう。するとジョエレは苦笑しながらシャルロットの腰を引き寄せ窓際に移動した。

そこはテラスにも通じる大きな窓があり、数歩離れた扉がひっきりなしに開いて人が出入りをしている場所だったが、逆に人がたくさん通るからこちらの会話など気にもしないだろう。

「ジョエレ、私に婚活を勧めたのはあなたよ？　もっと協力してくれてもいいはずだわ。それなのに今日の晩餐会の席順はいやがらせをしているとしか思えないじゃないの」

「でもずいぶんたくさんの男性に誘われていたじゃないか。この間のレッスンがうまくいったんだろう？」

その思わせぶりな言葉にシャルロットの頬がサッと朱に染まった。騙されて彼と淫らな口付けをしてしまったことを思い出したのだ。

「あ、あなたにはあの中に私と結婚してくれそうな方がいたと本気で思っているの？　みんなお父様ぐらいの年齢かそれより上の方ばかりだったじゃないの。晩餐会も夜会もちっとも楽しくない。こんなことなら薬草園でラクロワさんと株の植え替えをしている方がよっぽどマシよ」

　ジョエレに許可をもらってからは、薬草園に顔を出すのが日課になっていて、マナーの勉強の合間を縫ってはラクロワの手伝いをしていた。

　そのことを知っているジョエレはクツクツと喉を鳴らす。

「私がこんなに苦労しているのに、あなたは女性に囲まれてずいぶんと楽しそうにしていたじゃないの」

　シャルロットの言葉にジョエレがおや、という顔で眉を上げた。

「……もしかしてヤキモチを焼いてくれているの？」

「そ、そんなわけないでしょう。あなたばかり楽しそうでずるいって言いたかったの！」

　シャルロットは拗《す》ねて唇を引き結ぶとプイッと横を向いた。その拍子に髪から白い小さな花が滑り落ちた。

「あ」

　とっさに髪に触れようとしたシャルロットの手をジョエレが押さえる。

「このまま後ろを向いて。髪が崩れかかっているから僕が直そう」

「……ありがとう」

　ケンカの最中に彼の世話になるのは悔しいが、身だしなみだから仕方がない。シャルロットが不機嫌な顔のまま背を向けると、ジョエレの長い指が髪に触れる。崩れないように片手で支え、もう一方の手でピンを引き抜いて刺し直してくれているらしい。

かなり顔を近づけているのか首筋にジョエレの息が触れて、そのたびに後れ毛が揺れて肌を擽る。

「……っ」

思わず擽ったさに声をあげてしまいそうになり、シャルロットは慌てて唇を噛《か》んだ。こんなところで声など出したらあらぬ誤解を生んでしまうからだ。

「ま、まだなの？」

「あと少し待って……ずいぶん激しく踊ったんじゃないのかい？」

「言っておきますけど、あれは踊っていたんじゃなくて歩いていたようなものよ。軽やかなステップを踏む殿方なんてひとりもいなかったわ」

シャルロットの投げやりな言葉に背後でジョエレが噴き出す。すると再び首筋に熱い息が触れて、シャルロットは今度は我慢できずにブルリと身体を震わせた。

「わ、笑い事じゃないわ！　もうこんなの時間の無駄よ。私、公爵家に帰りたい」

どうして自分はこんな場違いな場所にいるのだろう。ジョエレの口車に乗せられてこんなところまで来てしまったことが恥ずかしくてたまらない。

結局公爵家の血筋がどうのと言っても、どう足掻《あが》いてもシャルロットに男性を惹きつけるほどの魅力がないのだからどうしようもない。

落ち込むシャルロットの耳元でジョエレがそっと囁いた。

「できたよ。こっちを向いて」

　自分はひどい顔をしているはずで、そんな顔をジョエレに見られたくない。そう思いながら身体の向きを変える。するとジョエレは碧い瞳を大きく見開いてシャルロットの髪型を点検すると、その目尻を優しく下げて微笑んだ。

「ああ、とても綺麗《きれい》だ」

　ジョエレはそう言うとシャルロットの肩を引き寄せて目尻にそっと唇を押しつけた。

「あ、ありがとう」

「これで……君が他の男を魅了するつもりだと思うとなんだか妬《や》けるな」

　たった今の優しい仕草とは裏腹に、その口調は咎《とが》めるように聞こえた。

「だって、そのためにあなたが私をここに招いたのよ？　本当はもう屋敷に帰りたいけれど」

　シャルロットはそう口にすると、本当に今すぐ公爵邸に帰りたくなってくる。どうして自分で結婚相手を見つけられるなんて大それたことを考えてしまったのだろう。

　社交にも疎く、ジョエレが言う通り男性の気を引く会話なんて学んだこともない。もしかしたらジョエレもはとこがダンスの相手ひとり見つけられないような不甲斐ない娘だったことに、内心はがっかりしているのかもしれなかった。

「やっぱり……私には無理よ」

そう呟いた声はもう涙交じりになっていた。今すぐここを出て馬車に飛び乗りたかった。

「シャーリー」

ジョエレに頭を抱き寄せられて、シャルロットは人目があることも忘れてその肩に額を押しつけた。今この夜会の会場でシャルロットを助けてくれるのは彼だけだ。

「少し外そうか」

「……」

シャルロットが無言で頷くと、ジョエレは優しく肩を抱いてシャルロットをホールから連れだしてくれた。

ふたりが姿を消した後一部始終を見ていた人たちの間であれこれ言葉が交わされていたのだが、シャルロットがそれを耳にすることはなかった。

そしてこのあとすぐに男性とふたりでパーティーを抜け出すことがどんなにはしたなく、危険な行為なのかと思い知らされることになる。

連れて行かれたのは招待客の控えの間と思われる部屋だった。応接セットにカウンターバーがあり、今は人がいないけれど、招待客に飲みものを提供できるようになっている。

ジョエレはシャルロットをソファーに座らせると、自分もその隣に腰を下ろした。

「大丈夫？　なにか温かいものでも持ってこさせようか？」

「……いいえ、いらないわ」

「もう今夜はホールに戻るのはやめた方がいい」

「……ええ」

「どうして急に公爵邸に帰りたいなんて言い出したの？」

顔を覗き込まれて、シャルロットは恨めしげな眼差しをジョエレに向けた。

「だってジョエレは全然協力してくれないんだもの。あなたが婚活を勧めてきたんだから、あなたのお眼鏡にかなう男性を紹介するべきでしょ」

「シャーリーはそんなに結婚したいの？」

今さらなにを言い出すのだろう。それ以外の目的でここに滞在している意味などないことは彼が一番知っているのに。

婚活がうまくいかないこと、そしてジョエレがまったく協力してくれないことにだんだん腹が立ってくる。

「当たり前でしょう！　そのために王城に来たのはあなたも知っているはずよ」

思わず八つ当たりのようなきつい口調で言い返したときだった。

「だったらもう僕にすればいいじゃないか」

「……は？」

話の流れが摑めず、問うようにジョエレの碧い瞳を見つめた。

「だったら僕にすればいいって言ったんだ」

ジョエレはそう言うと乱暴にシャルロットを引き寄せ、次の瞬間無理矢理《むりやり》小さな唇をキスで塞いでしまった。

「……んぅ！」

いきなり強い力で胸の中に掻《か》き抱《いだ》かれ、深く唇を覆われてしまい身動きができない。なんとかその腕から抜け出そうと身動《みじろ》ぎをするけれど、力が緩む気配はなかった。なによりあらがうこともできないほどジョエレの腕の力が強いことにもショックを受けていた。

熱い唇で口付けられながら、脳裏に数日前の出来事がよみがえる。あのとき男性とふたりきりになってはいけないと警告されたのだ。きっとその警告を忘れて再びジョエレとふたりきりになったシャルロットにお仕置きをするつもりなのかもしれない。

「や……やめ……んぅ……」

すべてを口にする前にさらに深く唇を覆われ、言葉は飲み込まれてしまう。

「ん……んんぅ……」

わずかな抵抗で鼻を鳴らして拒絶しようとしたけれど、ジョエレのキスが終わる気配はない。相変わらず強い力で背中に腕が回されていて思うように動くことができなかった。

息苦しさに開いた唇の隙間に強引に舌がねじ込まれる。口の中がいっぱいになってさらに息ができなくなってしまった。

「ん……ぅ……、んん……ぁ……」

ぬるつく舌で満遍なく口腔を犯され、無理矢理快感を刻みつけられていく。シャルロットは気づくと身体中《からだじゅう》の力を吸い取られて、ジョエレの腕にぐったりともたれかかっていた。

「シャーリー、可愛い」

男性慣れしていないシャルロットを思い通りにすることなど、ジョエレにとって赤子の手を捻《ひね》るよりたやすいことなのだろう。

ジョエレはわずかに唇を緩めると、シャルロットの身体をソファーに仰向《あおむ》けに寝かせる。次の瞬間シャルロットの華奢な身体に大きな体軀が覆《おお》い被《かぶ》さってきて、首筋に顔を埋められていた。

「ひぁ……っ」

夜会服の大きく開いた襟ぐりに唇を押しつけられ、素肌で直接感じる熱い刺激におかしな声が漏れてしまう。

濡れた舌がねっとりと剝《む》き出《だ》しになった肌を這《は》い回《まわ》り、最初は擽ったいと思っていた刺激は、甘い痺れとなって少しずつ全身に広がっていく。

襟ぐりに手がかかりグッと力がこもったかと思うと、強引にコルセットとドレスが引き下ろされる。次の瞬間ふるりと胸の膨らみが飛びだしてひやりとした空気が素肌を刺した。

キスのせいで頭がぼんやりとしていたシャルロットは、その刺激にハッと我に返る。彼がこれからなにをしようとしているかに気づき、とっさに両手でその胸を押した。

「ジョエレ！　な、なんてことを……！」

　彼の視線が剝き出しになった胸元に注がれていることに気づき、慌てて両腕をクロスするようにして胸を覆う。しかしジョエレはシャルロットの細い手首を摑んで、それを易々《やすやす》と左右に割り開いてしまった。

「や……ジョエレ、やめ、て……」

　ジョエレの目の前に空気に触れてツンと硬く立ち上がった胸の先端が晒《さら》される。

　こんなふうに男性に組み敷かれることも怖いし、彼に胸を見られていることは恥ずかしいし、もうシャルロットの感情はグチャグチャだった。

「そんな泣きそうな顔をして……僕に触れられるのは嫌？　僕ならいくらでも君にキスをして大切にしてあげられるよ」

　ジョエレはシャルロットだけに聞こえる声で呟くと、顔中に口付けていく。

　これはお仕置きではなかったのだろうか。唇で優しく触れられていると、怖いと思っていたはずなのに、口付けがご褒美のように感じられてくるから不思議だ。ジョエレにこうして甘やかすように触れられるのは嫌いではなかった。

「ん……ジョエレ……やめ……」

　やめて欲しいのに、このなんともいえない甘い刺激を手放すのは少し惜しい気がする。

　シャルロットの迷いに気づいたかのように、ジョエレが耳元で囁いた。

「大丈夫。悪いようにはしないよ。いい子だから両手を僕の首に回すんだ」

言葉と共に手首を押さえていた手の力が緩む。シャルロットは本当にそんなことをしていいのかわからず、躊躇いながらジョエレの首に腕を回した。

「いい子だ」

その呟きと共にシャルロットの唇にジョエレのそれが触れていて、気づくと小さな唇は先ほどよりも深く覆われてしまっていた。

息苦しさに顎をあげながら唇を開くと、ぬるりと熱い舌が入ってくる。これでは呼吸ができないと、シャルロットは小さく鼻を鳴らした。

「ん……っ、ふ……」

口の中の薄い粘膜にざらりとした舌の腹が擦りつけられるたびに、なんともいえない刺激に身体が小刻みに震えてしまう。

ジョエレはそんなシャルロットの身体をしっかりと抱きしめ、快感を教え込むようにさらに丁寧に舌を絡めてきた。緊張で縮こまったシャルロットの小さな舌を優しく撫でて、自分から舌を差しだすまで根気よく愛撫《あいぶ》してくる。

「は、んぅ……ンン……」

気づくとお互いの濡れた舌が絡み、ぬるぬると擦れ合うことが気持ちよくて、シャルロットはキスに夢中になっていた。

初めてジョエレにキスをされたときは唇が触れただけで泣いてしまったのに、今は……心地いいと感じている自分に驚いてしまう。

これは自分がジョエレのことを好きだからだろうか？　それとも好奇心から？　一瞬だけ頭の隅に浮かんだ考えはすぐに淫らな感情に覆い隠されてしまう。今はこの口付けをもっと味わいたくて仕方がなかった。

「はぁ……シャーリー。なんて……素晴らしいキスなんだ……」

ジョエレが掠《かす》れた声で呟くのを耳にしただけで、不思議なことに触れられていないお腹の奥がじんわりと熱く感じられてしまう。

ジョエレの唇が首筋を辿《たど》り、ゆっくりと剥き出しになっていた胸元に下りていくときも、肌を滑る感触が気持ちよすぎてただただ彼の動きに夢中になっていた。

「白くて……滑らかで……美しい肌だ」

こんなふうに直接的な言葉で賞賛されるのは初めてだ。お尻の辺りがムズムズして擽ったいような不思議な気分になる。

「ほら、ここも……キスだけでこんなに膨らんでる」

ジョエレは小さく呟くと、先ほど見つめられることが恥ずかしくてたまらなかった胸の先端にチュッと口付けた。

「ひぁっ！」

触れられただけなのに全身をピリリとしたものが駆け抜けて、素肌を滑る唇の感触にうっとりしていたシャルロットはビクリと身体を引きつらせはしたない声を漏らしてしまう。

「ふふ。ビクビクしてるね。乳首が可愛く震えてるよ」

ジョエレはなんていやらしいことをさらりと口にするのだろう。シャルロットが頬を赤くするのを満足げに見下ろして、今度は赤く濡れた唇を大きく開けて疼く先端を口へと含んだ。

「いやぁ、ン！」

膨らんだ乳首の側面を擦るようにヌルヌルと舌が擦りつけられる。舌の動きは優しいのに初めての刺激はシャルロットの身体を強張《こわば》らせる。

ジョエレの口の中はさっきのキスのときよりも熱くて、硬く膨らんだ先端を唇と舌でコリコリと押し潰されるたびに、胸の痺れがお腹の奥まで走り抜けていく。

「あ、あぁ……やぁ……」

さらに硬く膨らんだ先端を唇で挟まれ痛いぐらい吸い上げられたかと思うと、舌先で優しく舐め転がされる。そのたびにジンとした痺れが身体中に広がって、全身から力が抜け落ちていくような気がした。

ジョエレは飽きることなく反対の先端も同じように唇と舌で丹念に愛撫し、シャルロットはいつの間にか抗《あらが》う気力も失《う》せて、息を乱して身悶《みもだ》えることしかできなかった。

「感じやすい胸だね」

「……っ！」

淫らな女だと言われたようで恥ずかしくてたまらない。ジョエレはそのシャルロットの反応も楽しむように唇を歪《ゆが》めると再び首筋に顔を埋め、今度は手のひらで柔らかな膨らみを揉みほぐし始めた。

「んっ……やっ……あぁ……」

「シャーリー力を抜いて」

「だ、だって……」

自分ではそんなつもりはないのだが、ジョエレに口付けられたりこうして素肌に触れられると、身体が勝手に反応してそのたびに痙攣《けいれん》するように身体が大きく跳ねてしまうのだ。

大きな手のひらは身体を撫で下ろして、疼くお腹の上も大きな手がさわさわと撫《な》で回《まわ》していく。ドレスの上からでも伝わってくるジョエレの熱にシャルロットは吐息を漏らした。

「はぁっ」

「これ、好き？」

身体中を撫で回されることを聞かれているのならイエスだ。

シャルロットがコクコクと頷くと、もう何度目かわからなくなったキスで唇を塞がれた。

甘い吐息混じりのキスに今度はシャルロットも自分から舌を絡める。舌の付け根辺りから唾液がドッと溢れてきて、唇の端から零れ顎から首へと伝い落ちていく。

「んぅ」

ジョエレの舌が溢れた滴を追いかけて首筋を熱い舌が這い回った。

「はぁ……シャーリー……僕は……シャーリーが可愛くてたまらないんだ」

「……っ」

熱に浮かされたような言葉と熱い吐息に頭に血が上ってしまう。

自分を可愛いと言ってくれて、こんなにも優しく接してくれるのは子どもの頃からジョエレだけだ。

あまりにも身近な存在すぎて考えたこともなかったけれど、いっそジョエレが結婚相手だったらいいのにと思ってしまう。

ジョエレが自分のことをはとことしてではなく、恋人として、妻として心から愛してくれたらどれほど幸せだろうと、一瞬だけ考えてしまった。

しかし彼は王太子なのだから、今夜の夜会のようにたくさんの花嫁候補がいる。いくらはとことはいえ貧乏公爵家の娘などお呼びではないだろう。

「シャーリー……可愛い」

気づくとジョエレの大きな手がドレスのスカートを捲《めく》り上《あ》げて太ももに触れた。ジョエレの長い指がガーターベルトの下に覗く素肌に触れた瞬間、快感を追うことに夢中になっていたシャルロットはハッと我に返る。

「……っ！　いや、待ってジョエレ！　だめ‼」

悲鳴のようなシャルロットの声にジョエレの動きが止まる。

気づくと涙が次から次へと溢れてきて、視界がぼやけてしまいジョエレの顔もよくわからない。彼がどれだけシャルロットを求めて欲情した顔だったのかも、残念なことにそのときのシャルロットの目には映らなかった。

ただ涙が溢れてたまらない。彼のことを愛しているかもしれないと気づいてしまったのに、お仕置きや練習として触れられるのは嫌だったのだ。

「シャーリー」

優しく名前を呼ばれたけれど、今のシャルロットにはそれに応える冷静さは残されていなかった。

「私……部屋に、戻らないと……」

今すぐここを離れなければすべてが台無しになってしまう。シャルロットの訴えに、ジョエレは困ったように眉を寄せて両手を挙げてシャルロットから一歩身を引いた。

シャルロットは目を伏せてだらしなくずり落ちてしまったドレスを引き上げて、乱れた服をなんとか元通りにする。しかしソファーで散々身悶えた髪はぐしゃぐしゃに崩れてしまっていて、このまま部屋に帰ることはできなさそうだ。

シャルロットが途方に暮れていると、ジョエレが背後から白い肩に両手を置いた。

「……ッ！」

ビクリと震えて身体を硬くすると、ジョエレが静かな声で囁いた。

「しーっ。髪を直すだけだ。もうなにもしないから」

「……」

ジョエレはシャルロットがまだグズグズと鼻を鳴らしている間に手早く髪を結い直すと、身体を反転させてシャルロットの顔を覗き込んだ。

「大丈夫？」

ジョエレが気遣ってくれているのは声の調子でわかるけれど、視線を合わせる気にはなれなかった。

「……部屋に、帰るわ」

なんとかそう絞り出すと、ジョエレが控えめにシャルロットの頬に唇を押し当てる。

「ごめんね」

ジョエレに謝って欲しかったわけではない。むしろ許されるのなら彼の胸に頬を寄せて抱きしめて欲しいとすら思うけれど、彼の優しさはシャルロットの求めている愛ではない。

いっそジョエレとの血の繋がりなどなければよかったのに。そうすればたとえ身分が違おうと、振られることがわかっていても愛を告げることができただろう。

しかし公爵家を、シャルロットを気にかけてくれているジョエレに、これ以上の負担を強いるわけにはいかない。

当然この悩みをジョエレに伝えるなどという大それたことはシャルロットにできるはずもなく、小さく首を横に振ることしかできなかった。

6

いつから自分はこんなにもジョエレのことを好きになっていたのだろう。はとことか兄としてではなく、男性として特別になっていたことを、こうして触れられたことで自覚した気がする。

そうでなければジョエレに触れられて、気持ちがいいと感じることはなかったと思う。しかしそれと同時に彼が可愛いものを愛《め》でるようにしか自分に興味がないことに気づいてしまった。

せっかくジョエレが好きだと気づくことができたのに、この気持ちを伝えたら彼はどんな顔をするのか、想像するだけでも怖い。

困るか、それとも曖昧《あいまい》に笑うか、最悪シャルロットを避けるようになるかもしれない。

これまでの自分の彼に対する態度を思い出したら最悪のシナリオしか思い浮かばなくて、シャルロットはジョエレと顔を合わすことができなくなってしまった。

そんな理由もあり、危ういところまで進んでしまったあの夜から、ジョエレとの面会は断っている。

時間が解決してくれるとは思わないが、半裸まで見られてしまったあとでどんな顔をして彼と顔を合わせればいいのかわからなかったのだ。

彼はわざわざ街から取り寄せたシャルロットの好きなチョコレートや花を携えて毎日部屋を訪ねてきてくれたのだが、それでも彼と面会する勇気が持てなかった。

できればもうジョエレには会わず屋敷に帰りたいと思うけれど、いつまでもこうして彼を拒むわけにはいかないこともわかっている。それにこの気持ちが叶《かな》わないとしてもジョエレにはこの想《おも》いを聞いて欲しいような気もする。できれば自分の気持ちの整理がつくまで、もう少しだけ彼との面会を引き伸ばしたかった。

どうすればジョエレと面会できる勇気が持てるだろうか。ただ好きだという自分の気持ちを押しつけるのではなく、彼の喜ぶ顔が見たいし、できればいつも忙しく政務と向き合っているジョエレの手助けがしたい。

しかしなんの取り柄もない自分がジョエレにできることなどなく、シャルロットは自分の不甲斐なさに溜息を漏らすことしかできなかった。

彼はこの国唯一の王太子で、本気で望めば欲しいものはなんでも手に入れることができる。誰もがジョエレに魅了されているのだから、彼が本気で求めれば女性だって手に入らないなんてことはありえない。つまり自分にはジョエレしかいないけれど、彼には自分でなくてもいいのだ。

思い返してみると、ジョエレは幼い頃からシャルロットの中で特別な存在だった。父や兄と違って一緒に暮らしているわけでもないのに、一緒に過ごしていると安心できて、ついつい甘えて頼りたくなってしまう。

それはジョエレがシャルロットを甘やかすからというのもあるが、彼が送ってくれるプレゼントにもったいないだの無駄だと言いながら、彼に気にかけられていると感じて嬉しかったのを覚えている。

それにこれまで意識したこともなかったのに、改めて思い返すと彼にどれだけ大切にしてもらったかも今ならわかる。もっと早くそれに気づいていたら、こんなにも彼に惹かれることを止められていたかもしれない。

自分はジョエレに相応しい存在だろうか。そうありたいと思うけれど、これまで散々彼に悪態をついたりわがままを言ってしまった自分にはその資格はないとも考えてしまうのだった。

「シャルロット様、殿下が面会にいらしていますが」

ベッドにうつ伏せに身体を投げ出していたシャルロットの前に、フルールが色とりどりの花束《ブーケ》とシャルロットが両手で抱えるほど大きなテディベアを置いた。

「今日は会えないと伝えてちょうだい」

シャルロットはチラリとそれらを見ただけで再びリネンに顔を伏せてしまった。

フルールは小さく息をついてそっと寝室を出て行ったが、このやりとりが始まってもうすぐ四日になろうとしているのだから当然だろう。

王城に仕えるものにならば王太子の訪問を断るなんて、なんて不敬な女性だろうと思われても仕方がなかった。

最初の日は確かチョコレートで、その次の日は見るからに高級そうな茶葉、昨日は透かしの入った銀製のしおりと詩集。毎日花と一緒にシャルロットが喜びそうなものが添えられている。

シャルロットは手を伸ばして、ベッドの上に転がったテディベアに手を伸ばし、胸の中に引き寄せた。

彼の優しさは子どもの頃と変わらない。だからこそこうして向けられている愛情ははとことしてなのか、それとも本当に女性として想ってくれているのか、シャルロットに判断するのは難しかった。

せめて今感じている自分の気持ちを彼に伝えることができれば、彼の真意を問うこともできるのにと思ってしまう。

普段は思ったことをなんでも口にできる相手だったのに、今はこんなにもグズグズと思い悩んで自分が自分ではないみたいだ。

結局は自分が彼に相応しい女性であるという自信がないのが本音で、本当はジョエレは悪いことなどしていない。あんなふうになし崩しに身体に触れたことは反省して欲しいが、彼の本音さえわかれば怖いことなどなにもなかった。

彼のためになにかできないだろうか。ふとそんなことを考えた。

シャルロットは昔から人を喜ばせることが好きで、その人のためになにができるか考える習慣があった。でもジョエレには彼のことを考えてくれる人が周りにたくさんいるし、シャルロットにできることなどそれに比べたら取るに足らないことかもしれない。

シャルロットはしばらく考えて、テディベアを抱いたままベッドの上に起き上がる。そこへまるで見ていたかのようなタイミングでフルールが戻ってきた。

「王太子殿下はお帰りになりました」

今日もふたりの間を取り持つことができなかったフルールは落胆顔だったが、シャルロットはそれに気づかずに言った。

「あなたにお願いがあるの。お兄様に手紙を書きたいから紙とペンを用意してもらえるかしら。それが終わったら薬草園へ行くわ」

ずっと引きこもり塞ぎ込んでいたシャルロットの言葉にフルールは目を見開き、それから安堵《あんど》したように微笑んだ。

「承知いたしました。紙とペンはすぐに手配いたします。シャルロット様はその間に軽くなにか召しあがってくださいませ。今朝から紅茶しか召しあがっていらっしゃいません。果物は一緒にいかがですか？　ああ、イチゴがお好きと伺っております。果物は一緒にサンドイッチはいかがですか？」

その声はなんだか弾んでいて嬉しそうだ。やっと少し気を取り直したこのタイミングをなんとか利用したいと思っているのだろう。フルールの提案にシャルロットは素直に頷いた。

「ありがとう。イチゴは大好きよ。公爵邸の庭では毎年農場から苗を分けてもらって育てているの」

「それはよかったですわ！　王城でも専用の温室で果物を栽培しておりますから是非味わってみてくださいませ」

すかさず呼び鈴を鳴らし、飛んできた侍女に食事の指示を出す。

「薬草園にいかれるのでしたらお召し替えもなさってくださいね。ああ、せっかくですから髪も結って気分を変えてはいかがですか？」

なんとかシャルロットの気を引き立てようと必死のフルールを見て、彼女がとても心配してくれていることが伝わってきて申し訳ない気分になった。

「わかったわ。フルールの言う通りにします」

王太子の訪問を断るのは不敬と責められても仕方がないのに、塞ぎ込むシャルロットの気持ちに寄り添ってくれて、無理にジョエレとの面会を勧めようとはしない。

女の姉妹はいないけれど、もしいるのなら少し年の離れた姉のような感じがして、フルールの言うことなら素直に聞くことができた。

シャルロットは運ばれてきた軽食をすべて平らげてフルールを喜ばせると、手紙を書いたり薬草園に出掛けたりとここ数日とは打って変わって活動的な一日を過ごした。

＊＊＊　＊＊＊

「申しわけございません。シャルロット様はご気分が優れずお会いになれないそうです」

ここ数日侍女から聞かされている同じ口上に、ジョエレは小さく肩を竦めて手を振った。

シャルロットにつけている侍女が申し訳なさそうに頭を下げたが、今日はその態度を労《ねぎら》ってやる気持ちにもなれない。それぐらい気分が下がっていた。

やはりシャルロットは先日の行為をまだ許してくれてないらしい。確かに無垢な乙女であるシャルロットに対して紳士らしからぬことをしてしまった自覚はある。しかし彼女のまったく自分を男として意識していない態度を見ていたら、目の前にこんなにも熱烈に彼女を求めている求婚者がいることを教えてやりたくなってしまったのだ。

彼女があまりにも魅力的で、想像していたよりもすっかり大人の女性に成長した姿を目にして、堪えが利かなくなってしまったことは反省しているが、本当に彼女を愛しているのだから許して欲しい。

シャルロットを花嫁にすることは、彼女を紹介されたときからジョエレの中で決まっていた。それは王太子としての義務だったし、覆そうなどと考えたこともない。

純粋に赤ん坊のシャルロットが可愛かったし、彼女は自分のために生まれてきたのだと思った。

しかしシャルロットを政略結婚の相手としてではなく、女性として意識するようになったのは、彼女がかなり大人になってからのことだった。

許嫁《いいなずけ》として紹介されたときから公爵家の訪問を定期的に行っていた。シャルロットが子どもから少女へと変わっていく様子を見守るうちに、それなりの情は生まれていた。しかし今のように女性として求めるようになったのは最近のことだ。

当時ジョエレは二十三歳で、少しずつ父から政務を任され、自分で決断することを求められることが多くなっていた時期だった。そんな中ベルジェ家を訪ねるのは王族として生きる中で唯一の息抜きで、シャルロットの無邪気な笑顔を見るのは一服の清涼剤のようなものでもあった。

あるときいつものようにベルジェ家を訪ねると、シャルロットが飛ぶような足取りで応接間に入ってきた。

「ジョエレ、いらっしゃい！」

先日十四歳の誕生日を迎えたばかりのシャルロットは、ジョエレがお祝いにプレゼントをした髪飾りをつけて、一段と愛らしい。

もともと綺麗な顔立ちをしているし、背が高くすらりとしているから、少しお洒落《しゃれ》をするだけでそれがさらに彼女の美しさを際立たせるのだ。

「やあシャーリー、今日はなんだか楽しそうだね。それに髪飾りもよく似合っているよ」

「ありがとう！　こんな髪飾りが欲しかったの。でも私にはちょっと贅沢すぎないかしら」

「そんなことはないよ。誕生日プレゼントなんだから少しぐらいかまわないだろう？　君はいつもドレスや装飾品を贈ってももったいないって言うけど、誕生日は特別だ」

「でもあまりいいものをいただいても、私それに似合うドレスを持っていないもの」

「だから僕にプレゼントさせて欲しいって」

「それはだめだって何度も言っているでしょう。あなたがプレゼントに使うお金は国民の皆さんが納めた税金でしょ。それを無駄遣いするなんて罰が当たるわ。それにここで暮らしていくのにそんなに立派なものは必要ないの。この髪飾りも普段は大切にしまってあるのよ。今日はジョエレが来てくれたから特別」

そう言って笑うシャルロットは咲き始めの薔薇のように初々しい。

「僕のために特別のお洒落をしてくれたのなら嬉しいな。ところで今日の上機嫌の理由はそれだけじゃないんだろう？」

シャルロットは相手を驚かせて喜んでもらうのが大好きだ。彼女がこんな顔をするのはなにかジョエレを驚かせる準備をしているからだろう。

「たいしたことじゃないんだけれど、ジョエレはいつも忙しいから……ああ、ちょうど準備ができたみたい」

扉を叩く音と共にメイドのアンヌがティーセットを載せたワゴンを押して応接間に入ってくる。

「アンヌ、あとは私がするから下がってちょうだい」

シャルロットはそう言うと、自分でお茶の支度を始める。

「実はね、今日はいつもよくしてくれているジョエレにささやかながらお礼をしようと思って。前からあなたのために育てていたハーブがちょうどいい具合になったのよ」

そう言って手早くカップに注ぎ蜂蜜を垂らすと、優雅な仕草でジョエレの前にビスケットと共に並べてくれる。

シャルロットは最近引退した庭師の代わりに、自ら薬草を育て庭の手入れをするようになったのだ。子どもの頃から庭師について回って色々教わっていたから、もともと嫌いではなかったのだろう。

「いい香りだね」

カップから立ち上がる香りをゆっくりと吸い上げ、シャルロットに向かって微笑んだ。

「カモミールとセージよ。カモミールはうちの庭にはなかったから種を取り寄せてみたの。それとね、あなたの好きなビスケット。厨房に弟子入りして作ってみたんだけれどどうかしら」

貴族の令嬢が厨房に入って手ずからビスケットを焼くなど聞いたことがない。彼女は昔から厨房に出入りしているからコックたちは喜んで教えてくれただろうが、内心主家の娘がオーブンで火傷でもしないか気が気でなかっただろう。

シャルロットのその案を聞いたとき彼女の乳母だったアンヌなど、心配しすぎてハラハラしながら見守っていたに違いない。

彼女は普段はとんでもなく現実的で貴族令嬢らしくない考えを持っているが、こうして自分のできる範囲で相手を喜ばせようという愛情深いところがある。

ジョエレは不安げにこちらを見つめるシャルロットの前で、大きな口を開けてビスケットを頬張《ほおば》ってみせた。

「うん！　美味しい‼　僕にとっては君が作ってくれたというだけでこの世で一番美味しく感じられるよ。そうだな、今度から最後の晩餐に食べたいものを聞かれたら君が作ってくれたビスケットだと答えようかな」

その言葉にシャルロットは緊張を解いて笑い出した。

「それは言いすぎだわ！」

「嘘じゃない。本当に美味しいんだよ。ほら」

ジョエレはビスケットの欠片《かけら》をシャルロットの小さな口の中に指で押し込む。シャルロットは突然のことに驚いて目を丸くしてから、ゆっくりと咀嚼《そしゃく》をした。

「あら、本当に美味しいわ」

「なんだ、自分で味見していなかったのかい？」

「だって厨房のお墨付きをもらっていたし、一番最初はあなたに食べて欲しかったんですもの」

「……っ」

シャルロットの下心のない真っ直ぐな言葉は、いつも会話の裏の意図を探り、相手の本音を読み解くための駆け引きばかりくり返しているジョエレの胸を鷲《わし》づかみにする。

この少女はなんていじらしく可愛いことを言うのだろう。これまでもこの無邪気なはとこに癒やされていたけれど、いつまでもこの笑顔を守りたいと改めて誓ったのはこのときだった。

それからというもの、彼女にはとことしてではなくひとりの男として認めてもらおうと努力してきたわけだが、今回のことですっかり嫌われてしまったらしい。

強引に自分のものにしてしまえばシャルロットも諦めるかもしれないと考えていた自分に非があるのはわかっている。しかし同時に彼女が自分に少しぐらい他の男性とは違う特別なものを持っていてくれるだろうと信じていたのだ。

結果は……惨憺《さんたん》たるもので、異性としてどころか、はとことしてもすっかり彼女の心から締め出されてしまった。

王太子としてこの国に生まれ、王族としての義務こそあるものの、これまで望んで手に入らないものなどなかった。しかし唯一手に入らないもの、それがシャルロットの心だ。

あの夜他の女性と一緒にいたことに確かにヤキモチを焼いてくれたはずなのに、どこで間違ってしまったのだろう。

しかしここまできた以上、彼女をなんとしてでも手に入れたい。そう思ってこうして日参しているのが、シャルロットの心を開くのにはまだまだ時間がかかりそうだった。

とりあえずは彼女が公爵家に帰ることだけは阻止しなければいけない。きっとシャルロットは公爵邸に戻ったら、なんだかんだと理由をつけてジョエレと会うことを拒むようになるだろう。

ジョエレは近侍を呼び寄せると、これからシャルロットの行動を逐一報告するように言い付けた。

そしてすぐにシャルロットが再び薬草園に出入りをし始め、兄のオスカルに手紙を送ったことを聞かされる。オスカルは翌日から頻繁にシャルロットの元を訪れているようで、里心のついた妹の話し相手になっているらしい。

それぐらいなら問題ないだろうとジョエレは安堵し気を緩めていたために、彼女が帰宅するための兄の馬車に同乗して王城を離れたと知らされ大きなショックを受けた。

「……その馬車は本当に公爵邸へ向かったのか？　おまえの聞き間違いではないのか？」

ジョエレは信じられない気持ちで、彼女の動向を探らせていた近侍に尋ねた。自分でも思いの外強い口調になってしまい、近侍がビクリと肩を震わせたがそれを気にしている余裕もない。

「は、はい。オスカル様が馬丁に行き先を告げているのを耳にしましたので、間違いはございません」

怯《おび》えた様子の近侍にふと自分はどれほど恐ろしい顔をしているのだろうと思ったが、それよりも胸の奥でふつふつと熱いものが沸き上がってきてしまいそれどころではない。

シャルロットは何度か公爵邸に帰りたいと口にしてはいたが、まさか自分に挨拶の言葉もなく姿を消すことがあるなど考えたこともなかったのだ。

シャルロットはなにも言わずに姿を消してしまうほど、自分のことが嫌いだったのだろうか。

まさか幼い頃から可愛がってきた彼女にそこまで嫌われることなど考えていなかったジ

ヨエレはショックを受けた。そしてその衝撃を受け止めしばらく呆然《ぼうぜん》としたあと、今度はその衝撃が大きな怒りとなってジョエレを支配した。

執務机の上で拳を握りしめたとたん、くしゃりと音がして、手の中には握りつぶされた書類が無残な姿になってしまう。

その様子を一部始終目にしていた近侍が恐る恐る口を開く。

「で、殿下？　い、いかがされますか？」

このままシャルロットを追えばいいのか、それとも待機をした方がいいのか判断に迷っているのだろう。

「私が追う！　急ぎ馬を用意させろ‼」

ジョエレは厳しい表情で言い切ると、近侍の返事も待たず執務室から飛びだしていた。

7

その頃シャルロットはジョエレの怒りなど知らず、兄のオスカルと共に馬車に揺られていた。公爵家に用事があり、顔を見に立ち寄ってくれた兄の馬車を借りることにしたのだ。

「お兄様はまだお仕事があるのでしょう？　馬車を使わせてくれればお兄様が帰宅する時間までに戻ってくるつもりだったし、私ひとりでも大丈夫だったのに」

「もちろんわかっているけど、道中ひとりよりふたりの方が楽しいだろう？　上司に話をしたらいくら近距離とはいえ女性ひとりで馬車に乗せるのはよくないから是非付き添うように言われたんだ」

「それはありがたいけれど……」

要するに、兄が政務から逃げる口実にされているのではないかと疑ってしまう。

ジョエレから兄は勤勉で黙々と仕事をこなすと聞かされていたが、こうして日の高い時間から政務を辞してしまうのは、職場でうまくいっていないのではないかと心配になってしまう。

それにここ数日で兄にはあれこれ頼み事をしているが、もしかしてそれも仕事の妨げになっているのかもしれない。一度兄の上司にお礼を伝えた方がいいかもしれない。

最近ジョエレを避けて塞ぎ込んでいる妹を心配して付き添ってくれたという考えに至らないシャルロットは、やはり兄は甲斐性なしだから自分が頑張って花嫁を見つけなければと失礼なことを考えていた。

「屋敷のみんなは元気かしら？　アンヌに薬草やハーブの手入れを頼んできたけれど、仕事を増やしてしまって申し訳なかったと後悔しているのよ」

毎日世話をしているシャルロットがいない以上誰かに頼まなければいけないのだが、アンヌに負担をかけていることが心配だったのだ。

気づけば王城に滞在して一ヶ月弱の時間が過ぎていて、当初シャルロットはこんなにも長くなることを想定していなかった。ジョエレの言葉通りなら、簡単に夫を見つけることができると思っていたからだ。

今ならそれがどんなに甘く安易な考えだったかわかるが、あのときはそんなことも想像できないような世間知らずな娘だったのだ。

「そうだ、シャーリー。おまえが先日見せてくれた絵画だけど、かなりいい状態になったよ」

「本当⁉　ジョエレに見せるのが楽しみだわ！」

オスカルの言葉にシャルロットは笑顔になった。

ジョエレのためにできること、なにをすれば彼が喜んでくれるのか、シャルロットはいつものように一生懸命考えた。そこでオスカルの能力に頼ることを思いついたのだった。

「私は庭の様子を見たらすぐに王城に戻るつもりだけれど、お兄様はどうなさるの？」

「もちろんシャーリーと一緒に帰るよ。女性ひとりで馬車に乗せるわけにいかないからね」

「あら、私なら大丈夫よ。お兄様って案外心配性なところがあるのね」

兄の言う通り、一般的に貴族の女性が付き添いもなしに出歩くことはない。それもあって本当は一度屋敷に戻りたいと考えていたシャルロットは躊躇《ちゅうちょ》していたのだ。今日はタイミングよく兄が訪ねてくれたので実家の馬車なら問題ないと使わせてもらうことを思いついたのだ。

「それにしても王城の薬草園にもないなんて、そんな珍しいものがうちの庭にあったのか？」

「フェンネル自体は珍しくないのよ。ただ雑草みたいにどこでも育つから、わざわざ王城の立派な薬草園で育てなくてもいいと思われているのかもしれないわ」

「ふーん。私はそちらの方面はまったくだが、そんなものなのか。それならうちの株を王城に移せば、いちいち公爵邸へ戻らなくていいだろう」

「ええ、そのつもりよ」

シャルロットは屋敷に着くと、突然の帰宅に驚くアンヌたちの出迎えもそこそこに受け流し庭へ向かう。兄に手伝いを頼み、手ずから移植コテを持って土を掘り返し始めた。

これから暑くなろうという時期に植え替えをするのは少し心配だが、たっぷりと水をやってから出発すれば、王城まで弱るほどの距離ではない。

庭師のラクロワは優秀だから、あまり手入れの必要がないフェンネルをだめにしてしまう心配はないだろう。

「シャーリー。馬車で運ぶなら鉢を木箱に並べた方がいいだろう。万が一ひっくり返りでもしたら可哀想《かわいそう》だ。なにか探してこよう」

オスカルはそう言うと、庭道具がしまってある物置小屋へ入っていった。

ジョエレには甲斐性なしとか顔と家柄しか取り柄がないと散々ひどいことを言っているが、本当は兄はとても妹思いの優しい人だと思う。こんなにも優しい兄なのになぜ結婚できないのか妹としては不思議でならなかった。

シャルロットはそんなことを考えながら庭をぐるりと見回した。

アンヌやバルトにはできる限りでいいから庭の様子を見て欲しいと頼んだのだが、予想以上に丁寧に手入れがされている。

もともと薬草やハーブは雑草に似ていて、どれを引き抜けばいいのかわからずに迷っているうちに雑草がはびこって台無しになってしまう。

先代の庭師が引退してからは新しい人間を雇い入れておらず、先日ドクダミ茶をもらいに来たカルノーのような小作人に頼んで、年に数回草刈りをする以外はほとんどがシャルロットの手にかかっていた。

もしかしたら誰かが手伝いに来てくれていたのかもしれない。

「うーん。ティーツリーも持っていこうかしら」

シャルロットは少し考えて剪定《せんてい》ばさみを手に取った。

ティーツリーは他のハーブや薬草と違って、シャルロットの身長ほどもある木で、細い幹や枝からさらに細長い葉が伸びている。

王城にもティーツリーは生えているのだが、そろそろ剪定をと考えていたところで王城に行ってしまったので、すっかり伸び放題のこれをなんとかしたい。

実は王城の薬草園にはオイルを抽出して精製できる施設があり、なにかで試せないかと気になっていたのだ。穂先を摘んで持ち帰ってオイルを作ることはできないだろうか。

ティーツリーオイルの抽出は時間も手間がかかるので、街で手に入れようとすればかなり高価なものになる。葉はお茶としても飲めるが、オイルは肌にもよく皮膚病の薬としても重宝されていた。

王城にはせっかくいい設備があるのだから利用しなくてはもったいない。シャルロットはそう思いながらせっせとティーツリーの穂先を剪定ばさみで切り落とし、籠に集めていく。

あっという間に両手で抱えるほどの大きさの籠がいっぱいになる。オスカルはいつまで物置小屋にいるつもりだろう。適当な木箱がないのなら戻ってくればいいのに。

シャルロットが兄の様子を見にいこうと、小屋を振り返ったときだった。

「シャーリー‼」

突然辺りに響く大きな声で名前を呼ばれて、シャルロットは驚いて手に抱えていた籠を取り落としてしまう。

小走りでこちらに駆け寄ってくるジョエレの姿を認めて、シャルロットは目を丸くした。

「ジョエレ⁉　どうしたの？　こんなところで」

「それは僕の台詞《せりふ》だ！　君こそこんなところでなにをやっているんだ！」

彼がなにに腹を立てているのかわからない。とりあえず落ち着かせて、怒っている理由を聞き出そう。

「な、なにって……ちょっと屋敷に戻っただけ……きゃあっ！」

最後まで言い終わる前に手首を乱暴に摑みあげられ、シャルロットは悲鳴をあげた。

「い、痛いわ！　離して‼」

「僕の目を盗んで逃げ出したつもりかもしれないけど、そんなの許さないぞ！　さあ、今すぐ帰るんだ」

　なんとかジョエレの手を振り払おうともがくけれど、手首にかかった指にさらに力がこもり、ジョエレはシャルロットを半ば引きずるようにして歩き出した。

「待って！　逃げ出すって、なんのことなの？　わ、私は」

「いいから来るんだ！」

　シャルロットの抵抗がもどかしくなったのか、ジョエレはシャルロットを引き寄せると強引に抱きあげてしまった。

「いやっ！　下ろして‼」

　どうして怒っているのかわからないけれど、理由がはっきりわからないままジョエレに連れて行かれるのは嫌だ。

　無我夢中で足をバタつかせ、なんとかジョエレの腕の中から逃れようとしていると、シャルロットの叫び声を聞きつけたのか、オスカルが小屋から飛びだしてきた。

「シャーリー？　大きな声を出してどうし……ジョエレ⁉　どうして君がここに？」

　オスカルもシャルロットが最初にジョエレに気づいたときのように驚いて目を丸くしている。ここにいるはずのない人物がいるのだから当然だろう。

「オスカル、君はシャルロットに助けを求められたのかもしれないけれど、妹のためとはいえ王城の客人に対して勝手にこんなことをされるのは困るな」

ジョエレの剣呑《けんのん》な口調に、さすがのオスカルも異変に気づいたのかわずかに眉を顰める。

「なんのことだい？」

「とにかく彼女は王城に連れて帰る。文句があるなら叔父上を通して王に抗議してくれてもいい」

「ジョエレ、君がなにを誤解しているのかわからないが、妹も怖がっているようだし、とりあえず落ち着いて中でお茶でもどうだい？　なにがあったのかゆっくり聞かせて欲しいな」

王太子とはいえ男に妹を連れ去られそうな状況なのにのんびりとした口調でお茶に誘われ、ジョエレはさらに苛立《いらだ》って歩を速める。

「いやっ、下ろして！」

シャルロットは必死で助けを求めたが、オスカルは状況がわかっているのかどうなのか、まだ暢気《のんき》にふたりの様子を見守っている。ここで飛びついてでもジョエレを止めようとしないのはオスカルらしく間が抜けていると、シャルロットはこんなときなのに冷静に分析してしまった。

もちろん相手がジョエレでシャルロットを傷つける目的はないと信用しているのかもしれないが、兄を慕う妹としては、ここは少しぐらい男を見せて欲しいと思ってしまうのが普通の感覚だろう。

「お兄様！」

苛立ったシャルロットの叫びに、さすがのオスカルも顔色を変える。慌てて駆け出し、車寄せに待機していた馬車の前でやっとジョエレに追いついた。

「ジョエレ。さすがにこんな乱暴なやり方は、兄として認められない。シャーリーが怯えているじゃないか。僕が立ち会うから、ちゃんと話し合いをしよう」

しかしジョエレはオスカルの言葉に頭を振った。

「話は彼女から聞く。これは僕たちの問題なんだ。放っておいてくれ」

「ジョエレ！」

ジョエレは珍しく声を荒らげたオスカルを一瞥《いちべつ》すると、シャルロットを抱いたまま王城に戻るために待機していた公爵家の馬車に乗りこんでしまった。

座席の上に乱暴に放り出され、馬車の扉が閉まる音を耳にしたとたん、シャルロットはこれからとんでもないことが起きるであろう覚悟を決めるしかなかった。

＊＊＊　＊＊＊

結局公爵家の馬車だというのにジョエレの指示で馬車が走り出し、シャルロットはわけがわからないまま王城へと連れ戻されることになった。

屋敷の前にはジョエレがひとり駆ってきたと思われる馬が待機しているのがチラリと見えたが、シャルロットと共に馬車に乗りこんできたジョエレの服装は軽装で、乗馬に向いているとは思えない。いつも彼が執務室で仕事をしているときの服装だ。

なにかのきっかけでシャルロットが王城を出たことを知り追いかけてきたのだろうと想像はできるが、その理由がわからないし、ちょっと公爵邸に戻ったことがそこまで責められることとは思えなかった。

尋ねようにもジョエレは馬車に乗りこむなり不機嫌そうに唇を引き結んで、シャルロットが声をかけても返事をしてくれなかった。

やりかけだった庭仕事も気になったが、兄があとで気を利かせて薬草を王城へ届けてくれることを祈るしかなかった。

最初は仕方なく馬車に揺られていたが、なにを言っても無視され続けているうちに、王城が近づくにつれてシャルロットはだんだん腹が立ってきた。

こんなふうに乱暴に屋敷から連れだされたり、なんの説明もなく無視されたりするのは納得がいかない。

馬車が車寄せに停車すると、先に降りたジョエレが手助けをするために手を差しだしてくれたが、相変わらずその顔は不機嫌で言葉のひとつもない。その頃には怒りも頂点に達していたシャルロットはその手を取らずプイッと顔を背けた。

こんな対応が続くのなら、さっさと自室に戻ってジョエレがひどい態度をとったことを謝罪し事情を説明してくれるまで口をきいてやるつもりはない。

シャルロットがジョエレを押しのけ馬車を降りようとしたときだった。両手で腰を摑まれ、まるで子どもか人形でも抱きあげるように持ち上げられたかと思うと、彼の胸の中に引き寄せられる。

「ちょっ……！」

シャルロットが抗議の声をあげる間もなく、出迎えに並んでいた侍従や侍女には目もくれず、シャルロットを抱いたままその間を足早に抜けていく。

さすがに人前で暴れることもできずに大人しく抱かれていると、シャルロットの部屋ではなく初めて足を踏み入れる、見たことのない寝室に連れて行かれてしまった。

「ここ……」

そこはシャルロットが与えられている部屋よりもさらに広く、支柱がある大きなマホガニーのベッドもひとりで使うには大きすぎる。

ベッドカバーは深みのあるブルーで、シャルロットの身長よりも長いと思われる幅の大きな枕とリネンは眩しいぐらいの白、重たげなベルベットのカーテンは濃紺だ。

きっとこの部屋はカーテンが開かない限り、夜がいつまでも留まっているだろうと想像がつく。

幸いカーテンが開いているから部屋の中は明るいが調度類ひとつひとつが立派で、ここがただの客間ではないことはわかる。考えたくはないがここはジョエレの寝室なのだろうとすぐに見当がついた。

なぜここに連れてこられたかはわからないが、あまり歓迎できる状況ではない。そう思っている間にベッドの上に乱暴に抱き下ろされてしまった。

「もう！　いい加減にどうして怒っているのか説明してちょうだい！　そうでなければ、私本気で公爵邸に帰るわ。こんなふうに、まるで話す価値もない人形みたいに扱われるのは嫌なの！」

シャルロットは我慢していた怒りを爆発させた。

ジョエレはこの国の王太子だからこれまでなんでも思い通りにしてきたのかもしれないが、自分は理不尽に怒る彼の機嫌をとるつもりなんてない。

シャルロットは強い眼差しでこちらを見下ろすジョエレを負けじと睨みつけた。

するとジョエレはそれに怯《ひる》む様子もなくブーツを脱ぎ捨てたかと思うと、ジャケットから腕を引き抜きながらベッドの端に膝をついた。

「……ジョエレ？」

「僕は君のことが好きだ」

「……」

「できれば君にも僕を好きになってもらいたかった。一途《いちず》に君を想っていればこの気持ちも君に伝わるんじゃないかって信じていたんだけど」

ジョエレの瞳にはいつものような優しい光がない。感情のわからない冷ややかな眼差しで、まるで別の男性のようにも見える。

今までジョエレのことを怖いと感じたことなどなかったのに、今日はその眼差しや口調の冷ややかさが怖い。見つめられるだけで肌が粟立ってしまうような緊張感があった。

知らず小さく息を飲むシャルロットの前でジョエレがゆっくりと口を開いた。

「この信じる気持ちは無駄だったみたいだ。君が僕に一言もなく公爵邸へ逃げ帰ったのを知って、僕の努力が君にはまったく伝わっていなかったことを思い知らされたよ」

「逃げ帰ってなんかないわ。ジョエレ、あなたなにか誤解してる。私は」

シャルロットの言い分など聞くつもりがないのか、言いかけた言葉はジョエレの次の言葉に遮られてしまう。

「誤解なんかじゃないさ！　とにかく僕は気づいたんだ。それならもう君が逃げ出さないように、僕のものにしてしまえばいいって。そうすれば君はずっと僕のそばにいてくれるだろう？」

ジョエレは瞳に妖しい光を浮かべてそう言い切ると、さらに身を乗り出し、あろうことかベッドの上にのぼってきた。

ここは彼のベッドのようだしその権利があるかもしれないが、今はシャルロットがベッドの上にいるのだ。ふたりで彼のベッドにいるところを侍女に見られたりしたら色々誤解されてしまう。

「シャーリー、どうしてそんな泣きそうな顔をしてるの？」

気づくとベッドの端に膝をついていたはずのジョエレは上までのぼってきており、片手を伸ばしてシャルロットの頬に触れた。彼の行動に驚きすぎて動けずにいる間に、すっかり近づかれてしまっていたのだ。

「……っ！」

ビクリと肩口を震わせ後ずさりしようとしたけれどすでに遅く、ドレスのスカートをジョエレに押さえつけられていて動けなくなっていた。

頬に触れている手のひらは体温で温かいはずなのに、うそ寒く感じてしまうのはなぜだろう。

「ジョエレ……私、部屋に戻りたい、の」

今日のジョエレはいつもと違う。最初からずっと怒っていて不機嫌な顔をしているし、一度も笑いかけてくれていない。このままここにいてはいけないと、シャルロットの中のなにかが知らせていた。

考えてみればあの晩餐会の夜素肌に触れられてから、こうしてふたりきりになるのは初めてだ。自分の気持ちを見つめ直したかったのもありジョエレと少し距離をとっていたのだが、やっと顔を合わせてみれば状況は前よりも悪くなっている気がする。

なにより彼が怒って、こんなふうに冷たい態度をとってくる理由がわからない。毎日彼が届けてくれる花やプレゼントを無視していたから怒っているのだろうか。

「シャーリー、どうしてそんなに怯えてるの？」

頬に触れていた手のひらが顔の輪郭をなぞり、首筋を撫でる。あっと思った次の瞬間肩を押されて、シャルロットはベッドの上に仰向けに倒されていた。

「ジョ、ジョエレ……」

いつの間にか喉がカラカラに干からびていて声がうまく出てこない。代わりに涙が滲《にじ》んできたシャルロットの顔をジョエレが覗き込む。

「どうして泣きそうな顔をしてるの？　もしかして後ろめたいことがあるからそんな顔をしてるのかな」

後ろめたいことなんてひとつもない。しかしジョエレはシャルロットが王城から逃げ出したのだと思い込んでいるらしい。

「ち、違う……」

ふるふると首を横に振ったけれど、これまで彼をこんなにも怖いと感じるなんて想像したこともなかった。今までだってずっとシャルロットを優しく見守ってくれた人なのに。

不安で心臓がギュッと引き絞られて痛い。どうやったら誤解を解くことができるのだろうか。シャルロットがそう考えたときだった。

「これからこの間の続きをしよう。あの日は君が嫌がったから途中でやめたけど……今日は途中でやめるつもりがないから先に言っておくね」

その言葉はシャルロットの同意を求めてはいなかった。

シャルロットは我慢しきれずにそこから逃げ出そうと身を捩る。しかし下半身をジョエレの体重で押さえつけられて、彼の身体の下から抜け出すことは容易ではない。

「やっぱり逃げるつもりなんじゃないか」

罠《わな》にかかった獣のようにジタバタと暴れるシャルロットを見下ろし、ジョエレは心底ガッカリしたように深い溜息をついた。

「やっぱり……可哀想だけど僕のものにしてしまうしかないね」

「ま、待って！　お願いだから話を……」

「待たない。僕はもう十分すぎるほど待ったよ」

ジョエレは唇にうっすらと笑みを浮かべると、その唇でシャルロットの唇を強引に塞いだ。

「んんぅ！」

強引に唇をこじ開けられ、熱い舌が乱暴に口腔を犯す。窒息してしまいそうなほど喉の奥まで舌をねじ込まれ、苦しさに涙が滲んでくる。

「んぅ……は……んん……！」

　助けて欲しくて拳でジョエレの胸を叩くが、弱々しい女性の腕ではびくともしない。その間にも舌はシャルロットの唇を味わい、口腔を我が物顔で動き回る。

　シャルロットの小さな舌にねっとりと絡みついたかと思うと、舌先を歯で甘噛《あまが》みされる。

　無理矢理官能をかき立てようとしているのかもしれないが、すっかり怯えてしまったシャルロットはただただ怖くてたまらなかった。

「ふ、ん……ぁ……ん……」

　大きな手がドレスの上から胸の膨らみを弄る。それは急いているようで落ち着きがなく、ギュッと鷲づかみにされた瞬間、シャルロットは口付けられたままくぐもった声で悲鳴をあげた。

「んぅ‼」

　異変に気づいたのかジョエレがわずかに身を起こしたが、いつの間にかシャルロットの菫色の瞳からは大粒の涙が溢《あふ》れ出《だ》していた。

「シャーリー……泣かないでよ」

「嫌い……これ以上したら、ジョエレのこと嫌いになる、から……」

　しゃくり上げながら呟く。しかしジョエレはただ首を横に振る。

「僕が君の涙に弱いのを知っていてやっているとしても、今日はだめだよ。たとえ嫌われても君を僕のものにする。そうすれば君はもう誰のところにも行けない。婚活だのなんだの言わなくなるだろう。最初からそうすればよかったんだ」

そう言って再び首筋に顔を埋めようとするジョエレに向かって、シャルロットは悲鳴のように甲高く叫んだ。

「イヤ！　好きな人にこんなひどいことをされたくない‼」

その叫びにジョエレがピタリと動きを止め、ゆっくりと身体を起こした。その顔には訝るような表情が浮かんでいて、シャルロットの言葉が理解できていないようにも見える。

「……好きな人って……」

「あ、あなた以外に誰がいるっていうのよ！」

あまりの反応の悪さにシャルロットが叫ぶと、ジョエレは信じられないものを見るようにシャルロットを見下ろした。

「君が、僕を、好き……？」

確かめるように呟くと、ジョエレはハッと気づいたような顔をして大きく頭を振った。

「僕を宥《なだ》めるために嘘をつく必要はないよ。僕が好きだというのなら、なぜ王城から逃げたりしたんだ。オスカルとコソコソ連絡を取ったりして」

「コソコソなんてしてないわ！」

シャルロットはそう叫ぶとまだ驚きで力の抜けたジョエレを突き飛ばすようにして身体の下から抜け出した。

「どうせ私がなにをして過ごしているかなんて、フルールに報告をさせていたんでしょう？　彼女がずっとそばにいて監視されていた私になにができるっていうのよ」

多分そうだろうと思い当てずっぽうで口にしたが、ジョエレがギクリとした顔をしたから、シャルロットは自分の憶測は間違いではなかったと確信した。

「だいたいお兄様は堂々と私の部屋を訪ねてきていたでしょう。コソコソなんてしてない。どうしてそんなひどい言い方をするのかわからないわ」

「じゃあ君はどうして公爵邸に帰ったんだ。僕に一言言っておくことぐらいできただろう！」

いつも穏やかなジョエレが声を荒らげるのを見て、シャルロットは溜息を漏らした。さっきから何度も説明しようとしていたのに、彼の耳にはまったく届いていなかったらしい。

「それは悪かったと思うわ。でも私がこっそり出掛けたのには理由があるの。それはね……あなたを驚かせたかったから」

シャルロットは仕方なく計画を口にした。

「……僕を驚かせる？」

「そう。私があなたにしてあげられることといったら、お茶を淹れてあげるとか大好きなビスケットを作ってあげるとかそれぐらいのことしかないでしょう？　でもさすがに王城の厨房に乗りこんでまでビスケットを焼くわけにいかないから……それなら疲れがとれるお茶を淹れてあげようと思って、うちの庭のハーブを取りに戻ったの。できれば驚いて欲しかったし、出かけることをあなたに言ったら驚きも半減してしまうと思ったの。だからお兄様に屋敷への送迎をお願いして、今日中に戻ってくるつもりだったわ。最初は私ひとりで屋敷に行くつもりだったけれど、お兄様は心配して付き添ってくれただけなのよ。それなのにあんな言い方をしてはお兄様が可哀想だわ」

兄はジョエレのにべもない態度に傷つくようなタイプではないが、あの一方的な態度は兄が可哀想だと思った。

シャルロットにだって一切悪気はなく、これまでジョエレを避けていたお詫《わ》びをする意味も込めて美味しいお茶を淹れてあげたいだけだった。しかし彼と話をしているうちに内緒にしていたのが裏目に出てしまったらしいことは理解できる。

「最初は王城の薬草園で事足りると思っていたのだけれど、私が使いたいハーブがここの薬草園にはなかったの。だから少し持ち帰ってここに移植すればいつでも好きなときにあなたにお茶を淹れてあげることができるでしょう？　私が公爵邸に戻った理由はただそれだけなのよ」

最初は怖い顔でシャルロットの話を聞いていたジョエレの表情が少しずつ和らいできて、

気づくとつり上がっていた眉を下げ困惑した顔になっていた。

「君が……そんなことを考えていたなんて知らなかった。早く言ってくれれば」

「違うわ。私は言おうとしたけど、あなたが聞いてくれなかったのよ」

シャルロットが何度も説明しようとしたのに、彼が聞く耳を持たなかったのだ。思わず不満も露わにジョエレを睨みつけてしまったが、同時にすぐにすべてを彼のせいにしてしまうのは正しくないと思った。

心配して部屋へ様子を見に来てくれていたジョエレを過剰に避けていたのは自分だし、そのせいでジョエレがシャルロットの様子を気にかけていたというのも仕方ないと思う。それにジョエレを驚かせたいばかりに秘密にしていたのも、シャルロットのひとりよがりで、誤解をさせてしまった原因のひとつだった。

彼が喜んでくれないのなら、そんなことをしてもなんの価値もない。シャルロットは些《さ》細《さい》な出来事でもいいからそのことについて彼と笑い合い、微笑み合っていたかった。

「……でも、私もなにも言わずに出掛けたのは悪かったと思うわ。あなたがいつも私を心配してくれていると知っていたのに、勝手なことをしてごめんなさい」

「シャーリー」

ジョエレはホッと安堵の息を漏らして、シャルロットの手を握りしめた。その手からは先ほど触れられたときのようなうそ寒さは感じられない。

手のひらから温もりが伝わってきて、怯えて萎縮していたシャルロットの身体を解していく。

「もし……君がこんなことをした僕のことをまだ少しでも好きだと思ってくれるのなら、僕のそばにいて欲しい。ひどいことをするつもりなんてなかったんだ。ただ、大好きな君が僕から離れていくことに我慢がならなくて……信じてくれる？」

ジョエレの最後の言葉にシャルロットは頷くのも忘れて、その顔をまじまじと見つめた。

彼は優しくて、これまでもシャルロットのことを大切にしてくれていた。ふと彼の〝好き〟とシャルロットの〝好き〟は同じものなのかと心配になった。

ジョエレは妹か小動物でも可愛がるようにシャルロットに接していて、それが離れてしまうことが惜しくなったのではないだろうか。

もちろん彼だってそれなりの好意があるからこそシャルロットにキスをしたり、こうして独占欲を示してくれているのは理解できる。

シャルロット自身も夜会で若い女性に囲まれているジョエレを見てもやもやしたのだ。ただそれだけでふたりの想いが同じだとは判断がつかなかった。

「ジョエレは簡単に大好きと言うけれど、あなたの好きと私の好きは違う気がするわ」

シャルロットはずっと疑問に思っていたことを口にした。

「どうして？」

「だってあなたはいつもお兄様みたいに私に接してくるじゃない。それに年が九つも離れているのに本気で私みたいな子どもに恋愛感情を持つなんて信じられないわ」

シャルロットの言葉にジョエレががくりと肩を落とす。

「今さら……君はなにを言い出すんだ。僕は何度も君を大切だと伝えてきたし、僕を選んで欲しいと伝えてきた。君の方こそ僕のことをオスカルと同じ兄のように接しているから僕の言葉が届いていなかったんじゃないのか」

その顔には心外だという表情が浮かんでいて、彼が気分を害しているのは明らかだ。

「そんな……で、でも……」

確かにジョエレはこれまでに何度かそんなことを口にしていたような気がするが、本気で言っているように聞こえなかったのだ。

婚活を手伝ってくれるのは、てっきり彼が兄代わりの使命感を覚えてのものだと思っていた。

「でも、だって……」

それならどうして婚活するように勧めてきたのだろう。

彼のこれまでの言動が次々と頭の中に浮かんできては泡のように弾けていく。

「僕は君が生まれたときから君と結婚すると心に決めていたんだよ」

「……は？　なにを言って……」

ジョエレの言葉にシャルロットは呆けて問い返してしまう。

彼がシャルロットの物心がつく前から公爵家に出入りしているのは知っているが、それは親戚として兄の友人としてのはずだ。

それに本当に生まれたときからというなら、彼は赤ん坊に懸想する特殊な性癖の持ち主ということになってしまう。

その突飛な考えが表情に出ていたのだろう。怪訝な顔をするシャルロットを見てジョエレが苦笑いを浮かべた。

「ああ、またなにか誤解しているだろう？　君は生まれたときから僕の許嫁として決まっていたという意味で言ったんだよ」

「い、許嫁？」

そんな話は誰からも聞かされたことがない。王太子の妻となるのならお妃教育など特別なものが必要で、そんな人間が領地で庭仕事をしたり王城の薬草園に入り浸ったりしないだろう。

「そうだ。君が生まれときから決まっていたことなんだ。でも僕は幼い君に政略結婚だの大人の思惑を押しつけたくなかったし、小さい頃から無理矢理お妃教育などで縛り付けたくなかった。自然に僕のことを好きになってくれたらいいと思っていたから内緒にして欲しいと頼んだんだ」

「つまり……王陛下も妃殿下も、お父様もお兄様も……私以外はみんな知っていたってこと?」

「ああ」

ジョエレはあっさりと頷いた。

「じゃあ……どうして私に婚活を勧めたりしたの?」

最初から教えてくれていればこんなふうにお互いの気持ちがすれ違うことはなかったはずだ。

「君が一向に僕になびいてくれないから、僕ほど結婚に好条件の男はいないと気づいてもらおうと思ってね。それなら比較対象がいる王城に招くのが一番だろう?」

確かにジョエレは容姿も頭脳も優れているし、血筋や財産など他の男性と比べようがない。しかしシャルロットが最後は自分を選ぶと思って婚活を勧めたとすると、これまで気づかなかったが彼はとんでもない自信家だということになる。

「シャルロット。愛しているんだ。僕と結婚して欲しい」

「……」

生まれて初めてのプロポーズに心臓が止まってしまったかのように息ができない。今のシャルロットの頭の中には公爵家のことも兄の結婚のこともなかった。本当にこの人と幸せになれるのだろうかということで頭がいっぱいで、他のことについては思考が止まってしまったみたいだ。

シャルロットはもう一度確かめるようにジョエレの碧い瞳を見つめた。

子どものときから変わらない真摯な眼差しは、もしかしたらずっとシャルロットのことを見守ってくれていたのかもしれない。

王太子として幼い頃から教育を受け窮屈な想いをしている彼だからこそ、幼いシャルロットを自由にしてくれたのだろう。彼の優しさを感じて、胸の奥がじんわりと温かくなったときだった。

「それにしても、シャーリーは案外面倒くさい女性だったね」

ジョエレの聞き捨てならない発言に、シャルロットは顔を顰《しか》めた。

「……どういう意味？」

「無理強いしないように大切にしてきたのに、強引にされたいタイプだったんだなって」

「な！　強引にされたいなんて言ってないわ！」

「でも僕にもっと好きな気持ちをぶつけて欲しかったんだろう？　これでも一生懸命伝えてきたつもりだけど……ああ、君が鈍感なのかな」

「ジョエレ！」

それならシャルロットに婚活を勧めるなどという回りくどいことはせず結婚を申し込んでくれればよかったのだ。

いつもの調子でぷうっと頬を膨らませたシャルロットを見て、ジョエレが弾けるように笑い出した。

「それだよ。僕は君には君らしくいて欲しかった。だから幼い頃から王太子の婚約者としてお披露目《ひろめ》をして君を縛りたくなかったんだ。それに君の性格ならいきなり婚約が決まっているなんて聞いたら、絶対に嫌だって反発したかもしれないじゃないか。僕はどんなことをしても必ず君を幸せにするって決めていたから、断られることなんてありえなかったんだ」

やはり今まで気づかなかっただけで、ジョエレはかなりの自信家だ。まあ、それぐらいでなければ王太子など務まらないのかもしれないが、まったく気づかなかった自分はもしかしたらジョエレの言う通り少し鈍感なのかもしれない。

「どうして……そこまでして私を守ってくれたの？」

シャルロットの問いにジョエレはなにかを思い出すように視線を彷徨《さまよ》わせる。

「そうだな。初めて赤ん坊の君を見たとき、なんて綺麗な赤ん坊なんだって思ったよ。それから許嫁だって紹介されて……まだなにも知らない無垢な君を守れるのは僕だけだって使命感を覚えたんだ」

ジョエレはそう言うとベッドの上に座り込んでいたシャルロットを抱きあげ、自分の膝の上に乗せる。シャルロットも今度は抵抗しなかった。

ゆさゆさとあやすように身体を揺すられ、まるで自分が大きな赤ん坊になったみたいな気持ちになった。

「僕は王族に生まれて、それこそ物心ついたときから王族としての自覚を促されて、子どものときはそれが嫌だと何度も思ったし、反発したりもした。大人たちが決めたことだとしても、こんなに可愛い赤ん坊に背負わせることに、君を僕の運命に巻き込んでしまうことが可哀想でたまらなかった。それならせめて僕が君を幸せにしなくちゃって思ったんだ」

最後の言葉を囁くように言うと、ジョエレはシャルロットのこめかみにそっと唇を押しつけた。

「……」

唇からジョエレの想いが伝わってきて胸が痛い。

ジョエレがそこまで自分のことを大切に思ってくれていたことに戸惑ってしまう。とても嬉しいけれど、もしそれならもう少し早く教えて欲しかったと思うのは、知らずに守られていた自分が口にするにはわがままだろうか。

しかし事情も知らずジョエレに押し倒されたときは怖くてたまらなかったし、シャルロットの意思を確かめずなんでも自分の中で決めてしまうのはやめて欲しい。

お互いに誤解して今回のように揉めることになったのだし、結婚をするのならこれからはカッとする前に話を聞いてくれるように約束をしておかないと大変なことになりそうだ。

そう考え、シャルロットは自分の中に生まれた〝結婚〟という言葉にドキリとしてしまった。

その想いに気づいたとき、ジョエレが囁くような小さな声で言った。

「君を……抱きしめてもかまわない？」

さっきまでシャルロットが怯えていてもお構いなしだったのに、急にいつものジョエレに戻ったことがおかしい。

「もう、あなたの膝の上にいるわ」

「そうだった」

ジョエレはクスリと笑うと、優しくシャルロットを抱き寄せ、そのまま深いキスをするために覆い被さってきた。

「ん……っ」

先ほど強引に口付けられたときは怖くてたまらなかったけれど、不思議なことに今はジョエレとの口付けが、心地よいと感じてしまう。

ぬるつく舌を擦りつけられるのも、舌のざらつく部分で口蓋を撫でるのもすべてが愛しくてたまらない。この感情をどう表現すればいいかわからず、シャルロットは腕を伸ばしジョエレの首に回した。少しでもジョエレと触れあっていたいと思ったのだ。

「はぁ……」

わずかに唇が離れたとたん、シャルロットの唇から悩ましげな吐息が漏れ、ジョエレがクスリと笑いを漏らした。

「僕とのキスが気に入った？」

ジョエレとのキスにうっとりしてしまったのは本当なので、シャルロットは頬を染めながら小さく頷いた。

「知ってる？　シャーリーは僕以外の男とこういうことをしようとしていたんだよ」

「え？」

「結婚をしたら当然キスやそれ以上のこともしなければいけないって考えなかったの？」

「……」

確かにその通りだ。とにかく公爵家のためになる結婚さえすればいいと思っていたのだ。

なんとなく結婚すると子どもが生まれるとかそんな知識はあるが、こんなふうに触れあうことなど誰も教えてくれなかった。

書斎に数冊だけある恋愛小説には口付けのことや一夜を共にするようなことが書かれていたけれど、シャルロットの男女の知識はその程度だ。

ジョエレは考え込むシャルロットの耳元に唇を寄せると、笑いを含んだ声で囁いた。

「アンヌにはあまり男女のあれこれは君の耳に入れないよう言っておいたけど、少しぐらいは教育しておいてもらった方がよかったかな」

「……っ！」

ギョッとして見上げると、ジョエレの唇にはまんざらでもない笑みが浮かんでいる。

「まさか……あなた……アンヌにそんなことを頼んでいたの？」

「まあね。だって君がおかしなことに興味を持ったり、他の男から余計な知識を植えつけられたら困るだろう？」

「……」

つまりアンヌも、きっと執事のバルトもすべて知っていて、ふたりの成り行きを見守っていたのだろう。ふたりに何もかも知られていたかと思うと、次にふたりの顔を見たら色々思い出して恥ずかしくなってしまいそうだ。

「大丈夫。大切なことは僕がぜーんぶ教えてあげるから、君はなにも心配しなくていいんだ」

ジョエレはそう言って笑うとシャルロットを抱いたままベッドに倒れ込んだ。

8

強引にこの部屋に連れ込まれたときはどうなるのかと不安でたまらなかったが、今はこれから起こる初めての行為が少し怖いだけでジョエレに触れられたり口付けられることが嬉しかった。

ジョエレはシャルロットの緊張が解れるまでたっぷり口付けてトロトロになったところを抱き起こし、丁寧にドレスの紐《ひも》を解く。

ベッドの上に座らされ背後で彼が動く気配を感じるたびにドキリとしてしまい、シャルロットはそのたびに身体をびくりとさせて過剰に反応してしまう自分が恥ずかしかった。でもこれでもっとジョエレと近しくなれると思うと、少しぐらいの恥ずかしさは我慢できる気がした。

彼の体温を間近で感じることが嬉しいと思ってしまうのは、はしたないことだろうか。そう考えている間にドレスを脱がされ、抱きあげられて向かい合わせにジョエレの上に座らされた。今度はコルセットの前紐を解くらしい。

長い指がスルスルと紐を解いていくのを見ていたら急にドキドキしてきて息苦しくなってきた。

背を向けていたときはまだよかったのだが、お互いキスができるほどの距離で向き合って同じことをされるのは恥ずかしい。それにこれを外されてしまったら胸を隠すものがなにもなくなってしまうのも不安だった。

自然と呼吸が浅く、息遣いが荒くなっていく。するとそれに気づいたジョエレがシャルロットの顔を覗き込んだ。

「シャーリー？　大丈夫？」

「……やっぱり、こんなの恥ずかしいわ……」

今にもずり落ちそうなコルセットを両手で押さえると、ジョエレがその手首を摑む。

「恥ずかしがらないで全部見せて。まあ、もう君の可愛い胸ならこの間の夜に堪能させてもらったけど」

「……な!!」

あまりにも淫らな言葉を口にされて返す言葉もない。シャルロットが呆気《あっけ》にとられているのをいいことに、ジョエレが手早く残りの紐を解いてしまう。

ふわりと胸元が緩んだかと思うと、さっとコルセットが取り去られてしまう。シャルロットは慌てて胸の前で手を重ね合わせたけれど、そのまま抱き寄せられてしまった。

「シャーリー」

ジョエレは甘い声で囁くと、シャルロットにそっと口付ける。啄《ついば》むように優しく唇を吸い上げながら重ね合わせていた手首を摑むと左右にそっと押し開いた。

「ん……ぅ……」

キスは顎から首筋へと伝い下りて、無防備な胸元へと下りてくる。柔らかな膨らみの真ん中では、赤く熟れた先端がピンと立ち上がって存在を主張していて、その場所がジンジンと痺れていた。自分の身体の一部をそんなふうに感じるのは初めてで、不思議な気持ちになる。

そしてあの夜ジョエレに胸の先端を愛撫されて、なんとも言えない甘い痺れを感じたことを思い出してしまった。

「シャーリー、とても綺麗だ」

胸のすぐそばで囁かれた声はいつもよりハスキーで、耳にしただけで背筋にゾクリと震えが走る。

ジョエレにもその震えが伝わったのだろう。シャルロットの目を見つめたまま赤い唇を大きく開くと、見せつけるようにゆっくりと頭を下げて胸の先端をぱっくりと咥《くわ》え込んでしまった。

「んんっ！」

しまう。

生温《なまぬる》く濡れた口腔の感触に肌が粟立って、心臓がギュッと摑みあげられたかのように痛い。とっさに身体を引こうと腰を浮かせたけれど、素早く引き寄せられて抱きしめられてしまう。

片手で身体を押さえつけられ、もう一方の手がゴツゴツとした背骨のラインや丸みのあるお尻の膨らみを撫で回し、時折キュッと摑みあげてくる。

「あ、ン！」

ジョエレは胸への愛撫を続けながら片手でドロワーズのリボンを解くと、それを引き下ろしてしまった。

下肢がひやりとした空気に触れるのがわかったけれど、シャルロットにはそれを拒む余裕がない。

ジョエレが唇で胸を愛撫しているというだけでも刺激的なのに淫らな手つきで身体中を撫で回されて、頭の中が真っ白になりなにも考えられなくなった。

ジョエレの舌の動きは巧みで、舌先で乳首をくり返し転がしたり押し潰したりする。そのたびに先端がジンと痺れて、足の間がキュウッと切なくなるのだ。

身体を撫で回す手は時折太ももに残された靴下留めの飾りに触れて、シャルロットが淫らな姿で素肌を晒していることを伝えてくるみたいだ。

「あぁ……や、んん……はぁ……ン……」

そんなふうに触れないで欲しい。そう伝えたいのに唇からは甘ったるい声だけが漏れてしまう。

うっすらと目を開けて見下ろすと、ジョエレが上目遣いでシャルロットの反応を確かめている。視線がぶつかって狼狽えたシャルロットを見て唇の両端をつり上げると、もう一方の乳首にも喰《く》いついて同じように愛撫を始めた。

たっぷり舐《な》め回《まわ》された乳首は今にも弾けてしまいそうなほど膨らんでいて、ジョエレの唾液で濡らされてらてらといやらしく光っている。

長い指が伸びてきて、すっかり熟れた乳首を摘まむとシャルロットの身体に新たな刺激が走った。

「や……！　触っちゃ……んんんぅ……」

強い刺激に腰を跳ね上げたけれど、腰に回された手が緩む気配はなく、さらに強く身体を引き寄せられてしまった。

「んっ……やぁん……」

指で胸の先端を捏《こ》ね回《まわ》され、次第に身体に力が入らなくなってしまい、その場にへなへなと座り込んでしまいそうなほど、全身が愉悦に支配されていた。

「触られたら……気持ちよくなっちゃう？　可愛いね」

もう一方の乳首を咥えたまま呟くジョエレの声はくぐもっていて、その靄《もや》でもかかったような声音が、さらにシャルロットの官能を刺激する。

チュウッと強く乳首を吸い上げられ、全身に痺れるような刺激が駆け抜け、シャルロットはたまらずその場に腰を落とした。

「あぁン！」

なんてはしたない声だろう。シャルロットは自分のあられもない喘《あえ》ぎ声に慌てて唇を引き結ぶ。するとジョエレが座り込んでしまったシャルロットの前に、自身の長い指を差しだした。

「口を開けて」

わけがわからないまま素直に口を開くと、すぐに小さな口の中いっぱいにジョエレの骨張った指が入ってくる。

「んむぅ！」

「そのまま舌を使って舐めてごらん」

その言葉にシャルロットは驚いて目を開いたが、すぐに素直にジョエレの指に舌を這わせていた。

しかしこんなにも口いっぱいになってしまっては、舐めると言うよりはしゃぶるというか咥えると言った方が正しくて、シャルロットは必死でジョエレの指に自身の唾液を纏《まと》わせていく。

「ん……ふ……ぅ……ん、む……」

「上手だ。そうやってちゃんと濡らしておかないとね」

腰を抱いていた手で背筋を撫で回されて身体が震える。指先がお尻の丸みの間に潜り込み、シャルロットが先ほどから疼いてしまうその場所に触れた。

「君が今舐めている指がここに挿《はい》るんだよ」

ジョエレの指がその場所に触れたとたんぬるりと指が滑って、シャルロットはそこが驚くほど濡れていることに気づいた。

長い指が濡れた場所を何度も往復する刺激にシャルロットはより一層指にむしゃぶりついてしまう。

その放恣《ほうし》な様がジョエレの男としての荒々しい部分を刺激していることに気づかないシャルロットは、必死でジョエレの長い指を舐め続けた。

やがて唇から指が引き抜かれたときには、口を大きく開き続けていたせいでシャルロットの顎はすっかり痺れてしまっていた。

「さあ、指を挿《い》れてみようか。そのまま足を広げて……そう、力を抜くんだ」

あぐらをかいたジョエレの足の間で、膝を折り曲げて彼に向かって足を開く。自然と後ろに手をつく格好になり、シャルロットは自分のあまりにも無防備ではしたない格好が恥ずかしくてたまらなかった。

「あ……」

つぷりと指が入ってくる感触にシャルロットは目を見開く。

そんな場所で指を受け入れるというのも驚きだが、そこが淫らに濡れてしまっているのも不思議でたまらなかった。

「痛くない？」

指が入ってきて少し窮屈な気はしたが、痛みはないので首を横に振る。するとジョエレはホッとしたように小さく息を吐き、指をさらに奥深くまで押し込んだ。

「ひぁっ……！」

お腹の奥深くに指が押し込まれる刺激に自然と腰が浮き上がってしまう。シーツを蹴って身体を逃がそうとしたけれど、ジョエレの足の間に座っているためにそれは無駄な動きだ。

「ほら、シャーリーの胎内に僕の指が挿っているのがわかるだろ」

ジョエレが手首を捻るようにしてシャルロットの膣洞を広げるように指を動かす。手を後ろについたまま蜜孔を指で開かれる淫らな光景にシャルロットはキュッと目を瞑《つぶ》った。

「ほら……僕の指をこんなに濡らしていやらしい子だ」

「……っ！」

ジョエレのいやらしい子だという言葉に、シャルロットは急に恥ずかしさがこみ上げてきた。

はしたなく開いた足の間からクチュリと音がして、蜜孔から指が引き抜かれる。とろりとしたものが溢れ出す淫らな感触に、シャルロットは思わず足を閉じて太ももを擦り合わせた。

「シャーリー？」

「もぉ……恥ずかしい、から……」

シャルロットは膝をギュッと閉じて、そのまま自身の身体の方に引き寄せる。いくら言われたからと言っても、なにも考えずにジョエレの前で無防備に足を広げていた自分が信じられない。なんてことをしてしまったのだろう。

最初は素肌を晒すこともジョエレに胸を見られることも恥ずかしかったはずなのに、いつの間にか彼の前でもっと淫らな姿を見せてしまっていた。彼に触れられているうちに、なにも考えられなくなっていた自分が信じられなかった。

きっとジョエレだって内心は、たとえ未来の夫に言われたからといって目の前で足を開いて見せる女など、王族の妻には相応しくないと思ったに違いない。

羞恥に身の置き所のないシャルロットの唇から漏れたのは謝罪だった。

「あの、ご、ごめんなさい……」

「なぜ謝るの？」

「だって……こんなはしたない……格好をするなんて……」

羞恥のあまり感極まって涙交じりの声になってしまう。どうか、嫌いにならないで欲しい。生まれて初めて好きになった男性に嫌われてしまったら悲しすぎる。

膝を抱えて小さく身体を丸めるシャルロットのあまりにも深刻そうな空気に、ジョエレは小さく溜息を漏らし苦笑いを浮かべた。

「シャーリー、君がそんなことを心配する必要なんてないよ。僕は君のことをはしたないなんて思ったりしないし、むしろ君がはしたないと思ってしまうようなところを見せて欲しくてたまらないんだけど。それにもっと指で馴《な》らしておかないと、あとで辛い思いをするのは君だからね」

「……！」

ジョエレの言葉は一見優しく包みこむようだが、よくよく聞くとかなり淫らな内容だ。つまりはもっとはしたないことをしようと言っているのだ。

言葉の意味を理解したシャルロットがカッと頬を染めるのを見て、ジョエレは満足げな笑みを浮かべて丸まっていた身体を膝の上に抱え上げた。

「あっ」

バランスをとるために足の力を緩めると、背後から回された腕に抱き留められて気づくと背中を彼の胸に押しつけるように強く抱きしめられていた。

いつの間にシャツをはだけていたのか、背中に押しつけられているのは素肌で、彼の体温が直に伝わってくる。

「ジョ、ジョエレ……」

「捕まえた」

「シャーリー……優しくするから怖がらないで。ただ君を愛したいだけなんだ」

耳朶に唇を押しつけられて、柔らかな場所を唇で挟まれる。

「ん……っ」

擽ったさに頭を振ると、肩口を押さえつけられて耳孔に舌が差し込まれた。

「ひ、ぁ……っ……」

ヌルヌルと熱い舌で舐め回され、初めての刺激にジョエレの腕の中で身悶えてしまう。

顎をあげて背を反らすと、抱きしめるようにして胸の膨らみを手で覆われる。

大きな手が柔らかな丸みをすくい上げ、やわやわとまるであやすように揉みほぐす。優しい手つきなのに、シャルロットにはそれが物足りなく感じて仕方がなかった。

「あ、ん……」

耳の奥でクチュクチュと音がして、耳孔が熱い舌で埋め尽くされる。自分の強請《ねだ》るような甘ったるい声は、まるでいたずらをしてバスタブの湯に潜ったときに聞いた乳母の声のように遠くに聞こえた。

先ほどまでたっぷり乳首を愛撫されていたから、その場所が疼いて仕方がなくて、触れて欲しくてたまらない。いつの間にかそう考えてしまう自分の淫らな欲望が恥ずかしくてならなかった。

つい昨日までそんなことを考えたこともなかったのに、ジョエレが触れる場所すべてが熱くて、彼の体温を感じるたびに身体が反応してしまうのだ。

「はぁ……」

シャルロットは気怠《けだる》げな吐息を漏らし、無意識に背中をジョエレの胸に擦りつける。すると胸を包みこんでいた手に力がこもり、柔肉をギュッと摑みあげられた。

「んっ」

たっぷりとした膨らみは指の間からはみ出し、長い指が大きく膨らんだ乳首を挟み込み捏ね回し始める。

「あ……あぁ……、んっ、んん……っ……」

指の愛撫は先ほどの口淫とは違い、先端を引っぱったり痛いぐらい押し潰してくる。乳首を押し潰されると下肢にキュンと痺れが走って身を竦めてしまうのに、その痛みに不思議と嫌悪感はない。むしろもっとたくさん触れて欲しくてたまらなくなっていた。

「さっき舌で転がしたときよりも気持ちよさそうだね。シャーリーは強くされる方が好き？」

　そんな問いに答えられるはずがない。シャルロットがふるふると首を横に振ると、胸への愛撫がさらに強くなる。親指と人差し指が乳首を摘まんでコリコリと揉みほぐしたり、時折指先でピンと先端を弾かれるのもたまらなく感じてしまって、シャルロットはそのたびに甘い声を漏らしてしまう。

「んっ、だ、め……おかしく……んんんぁ……あ、ん……」

　その間にも耳朶を舐めしゃぶられ、感じすぎているのか頭がうまく働かなくなってくる。

　唯一わかるのは、足の間から先ほどとは比べものにならないぐらいトロトロと愛蜜が溢れ出していることで、いっそ胸ではなく、長い指で早くその場所に触れて欲しくてたまらなかった。

「はぁ……ん、ジョエ、レ……」

　思わず物欲しげな声で強請ると、耳元でジョエレが小さく息を飲む気配を感じた。

「シャーリー……どうして欲しいの？」

　そんなことを尋ねられても素直に言えるはずがない。

「……」

「シャーリー？」

　背後から顔を覗き込まれ、シャルロットは堪えきれずジョエレの片手を掴むとそれを自分の足の間へと誘導した。

「ここに触って欲しいの？　さっきは嫌がっていただろ？」

「んっ、ん……や、じゃない……から、して……」

なんてはしたないことを口にしているのだろう。羞恥のあまり涙目になった目尻にジョエレが優しく唇を押しつける。

「いいよ。じゃあ今度はさっきよりもっと気持ちよくしてあげないとね」

ジョエレは耳元でそう呟くと、シャルロットの足を大きく開かせようと太ももに手をかける。足を開くことに関してはまだ抵抗があったけれど、背後に座る彼に見えないのだからと自分に言いきかせて、シャルロットはゆっくりと白い太ももを割った。

「あ……」

指がたっぷりと濡れた秘裂を何度も上下して、長い指が蜜にまみれていく。いつの間にか左の太ももが抱え上げられ、ジョエレの膝にかけられている。これではさっきのように足を閉じようとしても難しそうだ。

そう思っている間に長い指はクチュリと音をさせながら秘裂に潜り込む。すぐに蜜孔を目指すと思っていた指は襞《ひだ》を掻《か》き分《わ》けて隠れていた小さな粒に触れた。

「ひぁっ……あぁっ……！」

クリクリと指で擦られたとたん、ビリリとした痺れが全身を駆け抜ける。思わず腰を跳ね上げると、秘裂に触れていない方の腕がシャルロットの華奢な身体を抱き留めた。

「ここ？」

確認するように再びその場所に指が押しつけられる。初めて感じるなんとも言えない愉悦にシャルロットの腰が大きく揺れた。

「や、そこ……いやぁ……」

どうして嫌なのか理由はわからないが、その場所に触れられ続けてはだめな気がする。必死でジョエレの指から逃れようと腰を引くと、お尻にゴツゴツとした硬い熱を感じた。

驚いて動きを止めると、今度はジョエレがそれをグリグリと押しつけてくる。

「あ……」

「わかる？　僕も愛らしいシャーリーを見ていたらここが勝手に硬くなってしまうんだ。君以外の女性にはこんなふうに感じたりしない」

つまりこれは男性の、ジョエレの性器ということらしい。

結婚した男女は性器が触れあうことで子どもができるという程度の知識しかないけれど、シャルロットの濡れた場所とジョエレのこの硬いものが触れあうらしいということは理解できる。

ではどんな方法で？　そう考えた瞬間すべてが繋がった気がした。

先ほどジョエレが指で馴らしておかないとあとが辛いといっていたのは、この硬いものをシャルロットの中に挿れるという意味だったのだ。

そう考えている間にも硬いものがさらに強く押しつけられて、長い指は濡れそぼった花びらを乱し、感じやすい粒を指で捏ね回す。

「あぁ……ん、は……ぁ……っ……」

クリクリと円を描くように指が動いて、シャルロットは喘ぎながら息を乱してしまう。

「……あっ……ダメぇ……っ……」

身体の奥底から、愛蜜ではないなにかが溢れ出しそうな衝動が怖い。

「大丈夫。怖くないからそのまま身を任せるんだ」

まるでシャルロットが官能の波に揺さぶられて怖くなっていることに気づいているみたいだ。

「ほら、ここもさっきより柔らかくて……早く欲しいって口をパクパクさせてる」

ジョエレは片手でシャルロットの花芯を愛撫しながら、もう一方の手を蜜孔へと押しつける。抵抗する間もなくジョエレの長い指は蜜壺の中心に突き立てられ、まるで待っていたかのように筋張った指が飲み込まれていく。

「あ、あ、あぁ……」

先ほどよりも生々しく指のゴツゴツした感触を感じてしまう。

「ああ、さっきより濡れているね」

濡れ襞を押し開き、クチュクチュと音を立てながら、指が隘路《あいろ》をかき回す。

「ほら、こんなに奥まで……僕の指が挿っているのがわかるだろ？」

小さく何度も頷くと、感じやすい粒にもクリクリと指が擦りつけられ、愉悦のあまりさらに嬌声《きょうせい》をあげてしまう。ジョエレに背後から覆い被さられ、シャルロットの華奢な身体は大きな身体にすっぽりと包みこまれてしまい身動きができなくなっていた。

「や、んっ……あぁ……、ん……はぁ……ん……」

もう頭の中は快感を追うことで精一杯で、恥ずかしいとか感じすぎて怖いといった感情がどこかへ消え去っていた。

「んぅ……はぁ……っ、あ、あぁ……」

ジョエレの指が抽挿されるたびに足の間からクチュクチュという淫らな水音が漏れて、その音がさらにシャルロットの感情を高ぶらせる。

「ほら、これで二本だ」

さらに増やされた指で胎内を広げられ、とろりとした液体がジョエレの指をぐっしょりと濡らした。

「あぁ……や、あふれ、ちゃ……んぅ……ジョエ、レ……っ……」

これ以上感じさせられたら本当におかしくなってしまう。そう声をあげたけれど、ジョエレも気持ちが高ぶっているのか、先ほどよりも乱暴に耳朶を舐めしゃぶり始める。

「はぁ……カワイイ声だ。もっと、聞かせて。早く……シャーリーとひとつになりたい……」

熱い吐息と共に囁かれ、頭の中までジョエレの声と熱でいっぱいになる。

今シャルロットを支配しているのは、早くこの高揚感や身体の熱を解放したいという気持ちだった。

何度も指を抽挿されているうちに、隘路は柔らかく解れて自分から太い指を取り込むように淫らにうねる。腰の辺りが重怠《おもだる》くて、触れられていない場所まで敏感になっていて肌が擦れ合うだけでも身体が疼いて仕方がない。

このやるせない疼きや切なさは全部ジョエレのせいだ。

「はぁ……ジョエレ……好き……」

シャルロットが思わず甘ったるい吐息と共に呟いたときだった。

蜜孔に押し込まれていた指が乱暴に引き抜かれて、次の瞬間目を開けたときにはベッドの上に仰向けにされていた。

すっかりジョエレの愛撫に蕩けてしまった身体は力が抜け落ちていて、彼のなすがままだ。まだよく状況が飲み込めずぼんやりとしているうちに、目の前でジョエレが剝《は》ぐように自分の衣服を脱ぎ捨てる。

いつの間にか薄暗くなった部屋の中に一糸纏わぬ姿になったジョエレの姿がぼんやりと浮かび上がった。

「……」

シャルロットがその姿を見上げると、だらりと投げ出した足を掴まれ左右に大きく開かれる。無抵抗のシャルロットの足の間に大きな身体が滑り込んできて、すっかり柔らかく解れた淫唇に硬く滾《たぎ》った熱が押しつけられた。

「あ……」

小さく声を漏らすと、心地よい重みがシャルロットに覆い被さってくる。ドキリとしてわずかに顎をあげると、薄く開いた唇はもう何度目かもわからなくなった口付けで塞がれていた。

「ん……ぅ……」

不思議なことに最初は戸惑っていたはずの口付けだが、何度かくり返していると慣れるものなのか自分から強請るように口を開け、ジョエレの舌を迎え入れてしまう。

「ん……ふ……あぁ……ん、ん……」

ヌルヌルと擦れ合う舌の感触が気持ちよくてたまらない。自分からも舌をジョエレの口腔に差し入れると、彼の動きを真似てたどたどしく擦りつける。

ジョエレの口腔は熱く濡れていて、その熱が移って微熱でも出てしまいそうだ。

「は……むぅ……ふ……っ……」

裸の素肌がこれ以上ないというぐらい密着していて、これまで嗅いだことのない汗ばんだ男の匂いがシャルロットの鼻を擽った。

「はぁ……もう……限界だ……」

唇の隙間からジョエレのくぐもった声が漏れ、さらに強く足の間に熱い塊を押しつけられる。ジョエレがゆるゆると腰を動かすたびに濡れそぼった淫唇が乱されて、雄芯が愛蜜にまみれていくのを感じてしまう。

「シャーリー……君を僕のものにしていい？」

「ひぁ……」

淫唇に痛いぐらい強く雄芯を擦りつけられ、シャルロットが愉悦に声を漏らす。

「僕だけのシャーリーになって欲しい」

今まで誰かのものになるとか心を通わすなどと想像したこともなかったけれど、ジョエレの言葉は耳に心地いい。

ジョエレになら自分のすべてを捧《ささ》げてもいいと感じて、シャルロットは生まれて初めて感じるとても幸せな満たされた感情に吐息を漏らした。

「……私を……あなただけのものにして」

自然と唇から零れた言葉に満足して、シャルロットはうっとりしてジョエレの首に腕を回した。

自分より高い彼の体温を感じていれば、自分の身体が溶けて彼とひとつになれるのではないかと本気で考えてしまうほど彼が愛おしくてたまらない。

「……シャーリー……」

掠れた声で呟くジョエレの声ですら愛の囁きに聞こえてしまうぐらいに気持ちが高ぶっていて、彼が顔を覗き込むために身体を起こしてできた隙間ですらも、もどかしくてたまらなかった。

「いや……離れちゃ……」

「大丈夫。君を離したりしないよ」

目元に口付けを落としながら、ジョエレがゆっくりと身体の位置を変える。

「最初は少し違和感があるから、身体の力を抜いていて」

それがなにを意味しているのかよくわからなかったが、ジョエレの声が甘く優しいのでシャルロットは素直に頷いた。

両足をさらに大きく開かされ、シャルロットの淫蜜にまみれた雄の先端が蜜孔の入口に押しつけられる。

蜜壺の入口は柔らかく解れていて、丸みを帯びた先端を難なく飲み込んでいく。ぬるりとした蜜孔への刺激にゾクリと背筋を震わせたとたん雄竿は引き抜かれ、再び浅く押し込まれるということを何度もくり返される。

「ん……」

痛みもなく焦らすような動きがもどかしくて、物足りなさに雄竿が抜ける瞬間思わず腰を浮かせてそれを追いかけてしまう。

「こら、せっかくゆっくりしようと必死で我慢しているのに煽《あお》るんじゃない」

ジョエレは平静を装おうとしているが、微《かす》かに呼吸が弾み、なにかに耐えているかのようだ。

彼が必死で怖がらせないように自分を抑えてくれていることに気づかないシャルロットは、さらに大胆なことを口にしてしまった。

「いいの。我慢しないで。ねえ、ジョエレの好きなようにして」

「……っ！」

ジョエレの立派な体軀が戦慄《おのの》いて、パッとシャルロットから離れる。

「まったく。君はなんてことを言うんだ！」

その顔はギョッとしているのか、それとも怒っているのか複雑な表情で眉間には深い皺が刻まれていた。どうしてジョエレはそんな顔をしているのだろう。

「まったく……これだから君は怖いんだ。これ以上ないというぐらい無垢な顔をしてとんでもなく大胆なことを口にするんだから」

なぜそんなことを言われるのか理解できず微かに首を傾げたときだった。ジョエレの両手が太ももの裏に回され、両足を大きく持ち上げられる。

「きゃっ」

予測していなかった動きに驚いている間に足をさらに折り曲げられ、お尻がシーツから浮き上がった。不安定な姿勢に戸惑っていると蜜孔に再び肉竿の先端が押し当てられ、次の瞬間その熱がシャルロットの身体を一気に貫いた。

「きゃ……あぁっ！」

肉襞はすっかり解れていたが未熟な膣肉は押し開かれることに悲鳴をあげ、強い痛みがシャルロットの身体を支配する。

身体を引き裂くような痛みにうまく息ができず、シャルロットの唇から言葉にならない声が漏れた。

「……あぁ……あ、あ、あ、んぅ……――」

ヒクヒクと隘路が痙攣して苦しくてたまらない。

「はぁ……っ」

こんなにも痛みを感じているのに、シャルロットの身体を掻き抱いたジョエレの口からはえもいわれぬほどの満足げな吐息が漏れる。そしてさらにシャルロットの耳元でジョエレが掠れた声で囁いた。

「僕を煽った君が悪い。火を付けたのは君だよ。しっかりとその身体で受け止めてくれ」

ジョエレは言葉と共により一層腰を強く押しつけると、シャルロットの華奢な身体を強く抱きしめた。

「い、やぁ……っ……」

あとになっても自分のなにが悪かったのかはわからずじまいだったが、そのときはジョエレにその意味を尋ねることなど考えられないほど、初めて身体の深いところまで貫かれた痛みと強い衝撃で頭の中が真っ白になっていた。

疼痛《とうつう》がシャルロットの身体を支配していて、痛みを逃がそうとおかしなところに力が入ってしまう。きっと明日はあちこち痛くなるはずだが、このときのシャルロットはそこまで頭が働かなかった。

早く痛みから解放されたくて、シャルロットはしゃくり上げながらジョエレの首に腕を回す。

「や、も……いや……ぁ……っ……」

眦からは大粒の涙が零れ落ち助けを求めているのに、ジョエレは愛おしそうに微笑むと零れ落ちる涙を吸い取るように目尻に唇を押しつけた。

「ああ、なんて愛らしいんだ……これで君はもう他の男とは一緒になれないね」

その顔は嬉しそうで、ジョエレは大きな手でシャルロットの額に滲んだ汗を拭い、金の髪を優しく撫でた。

いつもならその優しい仕草が心地よく感じられるはずなのに、今は痛みでなにも考えられない。

「あ、あ、あぁ……」

小さく声を漏らしたシャルロットの唇を再びジョエレのキスが塞ぐ。

ジョエレとのキスは好きだが、痛みが和らぐ気配はない。この行為がこんなにも痛みを伴うものなのだと知らなかったのだ。

ジョエレがわずかに身動ぎするだけで膣洞が刺激されて、限界まで押し開かれた身体が悲鳴をあげる。

「ん、んぅ……」

塞がれた唇から漏れた苦しげなシャルロットの声にジョエレがわずかに顔をあげ、涙に濡れた菫色の瞳を覗き込んできた。

「シャーリー……」

碧い瞳には気遣うような光が浮かんでいる。

「痛いんだね？　すまない、もっと大切に抱くつもりだったのに……」

そう謝罪を口にしたジョエレの声も掠れていてた。

先ほどは満足げな声に聞こえたけれど、その切なげな声にもしかして彼もどこか痛いのだろうかと心配になる。シャルロットはとっさに手を伸ばしジョエレの頬に触れた。

「……どこか、痛い……？」

もしジョエレも同じ痛みを感じているのなら楽にしてあげたい。どうすればそれが叶うのかもわからないけれど、ただ彼を守りたいと思った。

「……まったく、君という人は」

しかしジョエレの口から出てきた声は痛みに耐えているというより呆《あき》れているようで、シャルロットは自身の痛みも忘れて首を傾げた。

「だって……ジョエレも痛いんじゃないの？」

するとジョエレはわずかに目を見開き、すぐに微苦笑を浮かべて頬に触れていたシャルロットの手のひらにキスをした。その唇の熱い感触に、なぜかお腹の奥がキュンと甘い痺れが走る。

「まさか。僕は君とひとつになれて痛いどころか気持ちがよすぎて天にも昇る気持ちだよ。君が苦しくないのならずっとこうして抱き合っていたいぐらいだ」

抱き合っていつまでも寄り添っていたいという気持ちは同じだが、こうしてジョエレの一部を受け入れたままというのはおかしな感じがする。

いつの間にか悲鳴をあげるほどだった痛みは鈍ってきているが、こんなふうに足を広げたままでいるのははしたないし、なによりこの行為の終わりがよくわからなかった。

「あの……いつまでこうしていたらいいの？」

シャルロットの唇からポロリと零れた言葉にジョエレが一瞬で真顔になる。

「……」

そんなにおかしなことを口にしたのだろうか。シャルロットがそう問い返そうとしたときだった。

「シャーリーは本当になにも知らないんだね。もしかしたら挿れたらおしまいだって思っていたのかな」

「……え？」

まさかもっと痛い思いをしなければならないのだろうか。顔色が変わったシャルロットを見て、ジョエレが笑いながら首を横に振った。

「大丈夫。もう痛いのはおしまいだ。人にもよるけれどこれからは慣れたら気持ちよくなれるよ」

ジョエレは甘い声で囁くと身体を起こして、ふたりが繋がっている足の間に手を伸ばす。

長い指が薄い恥毛に潜り、先ほどひどく感じてしまった小さな粒に触れた。

「ひぁっ‼」

これまでとは比べものにならないぐらいの強い刺激にシャルロットの唇から悲鳴にも似た声が漏れる。

「あ、あぁ、やぁ……ん！」

シャルロットの意思とは関係なく存在を主張するように立ち上がった花芯を、筋張った男の指がくにくにと捏ね回す。

「んっ、や、っ……あっ、そこ、だめぇ……っ！」

「どうして？　とても気持ちよさそうだよ。その証拠にここに触るたびに君の胎内が俺のことを締めつけているじゃないか」

「やっ、だっ、て……あぁ……おかし、から……っ……」

ジョエレが花芯に触れるたびにお腹の中がキュンと痺れて、切なくてたまらなくなる。キュンとするたびに膣肉がジョエレの雄竿に絡みついて、これ以上触れられていたら自分で感情をコントロールできなくなってしまいそうで怖かった。

「シャーリー、おかしくなんてない。これでいいんだ」

優しく耳元で囁かれたけれど初めての愉悦はシャルロットを怯えさせ、淫らな声をあげてしまうことに罪悪感を覚えてしまうのだ。

「ほら、こうするともっと気持ちよくなれる」

ジョエレはシャルロットの耳元でそう囁くと、胎内から雄竿を引き抜き、次の瞬間さらに深くまで押し戻してきた。

「ひ……っ‼」

お腹の奥に強い衝撃を感じて目の前にチカチカと無数の星が飛び散った。そして衝撃はそれで終わりではなく、ジョエレは律動をくり返しシャルロットの華奢な身体に揺さぶりをかけてくる。

「あ、あ、あぁ……いやぁ……！」

身体の奥から大きなうねりが湧き上がってきて、ジョエレが動くたびに強引に身体が快感へと押し上げられていく。

これ以上揺さぶられたら強い刺激に身体がどうにかなってしまう。シャルロットは涙に濡れた瞳でジョエレを見上げると、助けを求めて声をあげた。

「あ、あ、ん……やぁっ……も、やめ……っ……」

くり返し与えられる刺激にうまく言葉を紡ぐことができない。

雄芯をねじ込まれるたびに腰が浮き上がってしまい、そのたびに身体を折り曲げるように押さえつけられうまく息をすることもできなかった。

その間にもシャルロットの華奢な身体には何度もジョエレの素肌が打ちつけられ、未熟な肉襞が強引に引き伸ばされていく。

「いや……も、や……こわ、い……んぅ……」

シーツに頭を擦りつけてイヤイヤと首を振るけれど、ジョエレの動きが緩慢になることはない。それどころかさらに覆い被さられて、シャルロットの身体はジョエレの広い胸の下に囲い込まれてしまった。

「んぁ……や、ぁ……」

「大丈夫だ。怖がらないで。今日はこれ以上激しくはしないから、君はただ感じていればいいんだよ」

甘やかすように囁かれても、苦しさが楽になるわけではない。押さえ込まれたせいでさらに深くなった繋がりに、シャルロットは白い身体を戦慄かせる。

「んぁ、あぁ……っ、んぅ……！」

身体中が溶けてしまいそうに熱くて、ジョエレに押さえ込まれながら胸の下で喘ぐことしかできなかった。

「あぁ……シャーリー……君はなんて素晴らしいんだ……」

ジョエレの感極まったような声に、彼も身体を高ぶらせて限界に近づいているのだと感じる。実際にはこの先になにが待ち受けているのかもわからないが、今は早くこの熱と苦しさから解放されたかった。

「シャーリー……愛しているよ……」

すでに思考は霞《かす》みがかっていて、ジョエレの愛の言葉がどこか遠くの声に聞こえる。そう、まるで夢の中で囁かれているようで、これが現実なのか夢なのかもわからなくなっていた。

「ひ……んぁ……っ、ん、あぁ……ふぅ……」

ジョエレの腕の中で甘い声をあげる自分は誰か別人のようで、シャルロットはいつの間

にか汗にまみれた身体を大きく仰《の》け反《ぞ》らせて快感の渦に飲み込まれてしまった。

シャルロットの小さな身体の上でジョエレの堅強な体軀がビクビクと戦慄く。次の瞬間身体の奥に熱いものが飛び散るのを感じて、シャルロットは腕を伸ばしてジョエレの身体にしがみついた。

するとジョエレも荒い呼吸をくり返しながら、シャルロットの身体を強く抱き寄せてくる。心地よい重みと体温に包まれて、シャルロットは一瞬だけ意識を飛ばした。

次に目を開いたとき、ジョエレはシャルロットの身体に自身の手足を絡めて横たわっていた。

眠っている間に逃げられないようにするためではないと思うがそれはまるで拘束具のようで、シャルロットにはその束縛が心地よく思えた。

「……ああ、気づいたね」

その言葉を聞くまで自分が意識を手放していた認識はなく、シャルロットは先ほどまで荒々しい時間を過ごしたことが夢だったのではないかと疑ってしまった。

あんな淫らで刺激的な行為が本当にあったのかと不審に思うほど部屋の中は静まり返っていたからだ。

しかし身体は汗ばみ四肢のあちこちが強張っている。それになにより足の間、お腹の奥の方で鈍い痛みを感じていて、あの時間が夢ではなかったと納得するしかなかった。自分はこの部屋でジョエレに抱かれたのだ。

「シャーリー？」

まだぼんやりとした頭で視線を彷徨わせていたシャルロットの顔を、ジョエレが心配そうに覗き込む。

「……ごめんね。痛い思いをさせたから怒っているんだろう？」

まるで叱られた子どものようにしゅんとした顔をする彼を見て、シャルロットは頭を振った。

「違うわ……まだ信じられなくて」

「うん？」

「ジョエレが……私のことを好きだなんて」

つい数時間前までは自分の気持ちをジョエレに伝えることはできないし、彼もまた自分には妹以上の愛情を持っているとは思ってもいなかったのだ。

ジョエレに愛を告げられることも、こうして裸で彼の腕の中にいることも、なにもかもが突然の嵐のような出来事だった。

「まだそんなことを言っているの？　頑張って僕の気持ちを伝えたつもりだけど、足りなかったのかな？　君さえよければもう一度試してみようか」

真顔でそう口にするから、冗談なのか本気なのか区別がつかない。もう一度というのは、再びシャルロットを抱くという意味だろうか。

もしそうだとしたら今夜もう一度なんてとんでもないと、シャルロットは大袈裟に何度も首を横に振った。

「そ、それは十分わかってるから！　ただ好きな人のそばにいることがこんなに幸せな気持ちになるだなんて知らなかったから、戸惑っているだけ」

シャルロットの言葉に、ジョエレの顔に幸せそうな笑みが広がる。その顔を見ただけで自分もさらに幸せな気持ちになれることを、シャルロットは初めて知った。

相手の幸せが自分の幸せ。だから人はずっと幸せでいるために一緒にいること、結婚を選ぶのかもしれない。

もちろん貴族の結婚には愛情が伴わない結婚が多々あることも知っているが、少なくとも今のシャルロットは幸せだった。

「君はもう僕以外の誰とも結婚できないし、もちろん僕もそれを許すつもりはない。いいね？」

ジョエレは頭をもたげ、シャルロットの唇にチュッと音を立てて口付けた。

「もちろんよ。私も……あなた以外の人なんて考えられない。ううん、最初から私にはジョエレしかいなかったんですもの」

「嬉しいことを言ってくれるね。なんだか本当に君をもう一度抱きたい気持ちになってくるよ」

「えっ⁉」

ギョッとして身体を硬くしたシャルロットを見て、ジョエレがクックッと喉を鳴らす。

「冗談だよ。君が僕と結婚してくれるのなら、何度でも君を抱くことができるんだから焦る必要なんてないからね」

ジョエレはそっとシャルロットの身体を抱き寄せると、瞼に優しく唇を押しつけた。

「今夜は安心して眠って。僕がずっとこうして抱きしめているから」

「……うん」

先ほどから感じていたジョエレの体温がシャルロットを本格的な眠りへと誘う。この腕の中ならどこよりも安全に守られている。

シャルロットは安堵を感じながらジョエレの広い胸に頬を押しつけた。

9

ジョエレと一夜を共にしてからの展開は、まるでこうなることが決っていたかのようにトントン拍子で話が進み、シャルロットはあの夜からずっと夢でもみている気分だった。

実際にジョエレがシャルロットを手に入れるためあれこれ画策していたのを少しずつ知ることになるのだが、このときはまだ気持ちが浮き足だってフワフワとして落ち着かず、そこまで考える余裕はなかった。

まず最初にシャルロットの父であるベルジェ公爵に正式に結婚の許可をとったのだが、生まれたときから許嫁だったというジョエレの言葉通り、公爵は異を唱えることもなく結婚の申し込みを承諾した。

あの一夜のあとすぐに、王城に出仕してきた公爵と兄オスカルをジョエレが招き昼食会を開いた。

シャルロット自身は、婚活に出掛けていった娘が王太子と結婚すると報告しても信じてもらえないと思っていたので、あっさりと頷いた父親の反応に呆気にとられてしまった。

「お父様、驚かないの？」

「驚いて欲しかったのかい？　私はおまえが納得して嫁ぐのなら相手が誰であろうと反対するつもりはなかったんだ。でももし家のことを考えてとか殿下に無理強いされて仕方なくと言うのなら、私は全力でおまえを守るつもりだ。婚活をしたいというおまえの気持ちを尊重するつもりでいたが、最初から誰かと無理に結婚させるつもりはなかったんだ」

つまり理由によっては相手が王族でも公爵家として結婚を拒否するつもりだったらしい。内輪だけだとはいえ許嫁である王太子を目の前にしてとんでもないことを言うとジョエレの様子を窺ったが、彼は納得しているらしく涼しい顔だ。

あとで謝罪も兼ねてそのことを尋ねると、その条件はふたりの婚約話が出たときから決まっていた約束の上に、ジョエレの方から提案したという。

「言っただろう。僕は君に自由でいて欲しかったんだ。一部の重臣たちの間では幼いときから王族として生きる覚悟を植えつけるためにも早く発表した方がいいという意見もあったんだけどね。最終的には僕の両親も公爵も賛成してくれたから、時期が来るまでは待つことになったんだ」

改めて経緯を聞かされ、シャルロットは自分がいかに周りから大切に守られていたかを知った。

しかし、もしシャルロットがその気にならなかったらどうするつもりだったのかが気になる。シャルロットがそのことを尋ねようとしたときだった。

「とは言っても、実は最近では両親にかなり結婚をせっつかれていたんだ」

「え？」

「僕はシャーリーに積極的にアプローチをしているつもりだったけど、君はまったく気づいてくれなかったからね。両親は君に結婚を押しつけない約束を守った代わりに、僕にも王族として跡継ぎのことも考え、そろそろシャーリーのことは諦めて他の令嬢を娶《めと》るようにって言うようになっていたし」

確かに理由はどうあれ一国の王子がいつまでも独身というわけにはいかない。王夫妻もいつかは老いるわけで、ジョエレが次の王として立ったときに独身で跡継ぎもいないとなれば国民の不安を煽ることになる。

シャルロット以外はほとんどの人が事情を知っていたようだから、あわよくばのチャンスを狙って重臣たちはこぞって自分の娘たちを薦めてきただろう。そう考えるとジョエレにエスコートされて出席した初めての夜会で人々がシャルロットのことを好奇の目で見ていたのも納得できるし、ジョエレの周りに女性が集まっていたのも当然だ。

「ジョエレは……私があなたのことを好きにならなかったら本気で諦めるつもりだった？」

「諦めたくないから君に婚活させるなんて理由までつけて王城まで招いたんじゃないか。

君に……そばにいて欲しかったんだ」

ジョエレがそっとシャルロットの手を取り指先に唇を押しつけた。

「君の気を引きたくて少々強引にしてしまったことは反省するけど、後悔はしてないよ。こうしてシャーリーを手に入れることができたんだからね」

「ジョエレ」

少し前なら彼にこんなことを言われたら、冗談を言われているのだと笑い飛ばしていただろう。でも今はこうして手を取られるだけで胸が高鳴ってしまうのだから不思議だ。

「実は……君に渡したいものがあるんだ」

ジョエレはそう言うと、シャルロットの手を握っていない方の手で、小さな箱を取り出した。

「……」

それはジュエリーケースで、箱の大きさを見ただけで心臓がドキドキと大きく音を立てるのがわかる。

ジョエレはシャルロットの前でゆっくりと蓋を開けると、中身を見せてくれた。

「気に入ってくれると嬉しいけれど」

箱の中身はシャルロットの予想通り指輪で、見たこともないほど大きなダイヤが中心に据えられていて、その周りを少し小粒のダイヤが囲んで豪華であることこの上ない。

「……すごい」

思わず呟くとジョエレがクスリと笑いを漏らした。

「代々の王妃に渡されている指輪だ。結婚のときに王太子妃に受け継がれることになっている。今までどんな宝飾品も受け取ってくれなかったけれど、これは受け取ってくれるね？」

「も、もちろん」

そう答えるだけでも緊張して声が震えてしまう。そんな伝統のある貴重なものに自分が相応しいのかと不安になる。

これを実際に指にはめたら重そうだ。そんなどうでもいいことを考えていたら、ジョエレがすっと左手をとり薬指にはめてしまった。

「……ぴったりだわ。いつサイズを測ったの？」

あつらえたように自分の指に収まる指輪を見てシャルロットが目を丸くすると、余程その顔が面白かったのか、ジョエレがクックッと喉を鳴らした。

「その必要はないんだ。この指輪は代々王妃になる人の指に収まると決まっているんだ。つまりこの指輪がぴったりな君は、最初から僕の妻になる運命だったんだよ」

笑ってしまいそうなキザな言葉だが、ジョエレと結ばれるのが生まれてきたときから決まっていて、王太子が運命の人なんて乙女心を擽る言葉だ。

多分これまでもジョエレはこんなふうに何度も気持ちを伝えてきてくれたのに、自分はまったく気づこうとしなかった。自分の鈍感さが恥ずかしいが、これから自分からも気持ちを伝えていきたいと思った。

「それと、もうひとつ君に提案があるんだ」

「なあに？」

「この指輪を受け取ったからには、君が王太子妃になることはもう動かせない」

「ええ」

その言葉に、当然のことだと頷いた。それにこれほどジョエレを好きになってしまった以上、たとえ王太子妃にはなりたくなくても、ジョエレの隣を譲るわけにはいかなかった。

「でもね、今さらだけど君には王太子妃は退屈なんじゃないかって考えたんだ」

「え？　どういう意味？」

「君にはこれまで通り屋敷の管理をしたり、庭の手入れをしたり、ときに厨房に立ったり、王太子妃としてただ座っているだけより身体を動かしている方が性に合っているんじゃないかって」

確かにその通りだが、今まで通りに過ごしていては王太子妃が務まらないことぐらいは理解していた。しかしジョエレの言い方だと王太子妃には向いていないと言われているみたいだ。

たった今指輪を受け取ったばかりなのだから、まさか結婚をやめようと言い出すとは思わないが、含みのある言い方に不安が押し寄せてくる。

「……」

ジョエレは無言になってしまったシャルロットを見て苦笑いを浮かべると、その手を取ってある場所へと誘った。

そこは王城に来てすぐに案内された美術品がたくさん収蔵されていた部屋で、あのあとシャルロットがジョエレに内緒で何度か出入りしたことがある部屋でもあった。

侍従やフルールにシャルロットの様子を報告させているぐらいなのだから、いくら内緒にしていたとしても気づいてしまったのだろう。

部屋の中は最初にふたりで来たときと同じようにほとんどの絵画や美術品に埃よけの白い布がかけられていたが、前回と違うのは部屋の中央にイーゼルが置かれ、その上に絵画が展示されていることだ。

「これは……」

そう呟いたのはシャルロットではなかったが、それに被せるように叫ぶと深々と頭を下げた。早く謝罪しておいた方がいいと思ったからだ。

「勝手なことをしてごめんなさい！」

ジョエレは突然の謝罪に目を丸くする。

「シャーリー、これはどういうこと？」

「申し訳ないとは思ったのだけれど、この部屋の美術品を、特にこの王妃様の肖像画をこのまま朽ちさせていくのは忍びなくて……お兄様に修復をお願いしてみたの。でも全部私が勝手にやったことでお兄様は悪くないのよ！」

以前彼はこの部屋の絵画にあまり興味がないようだったので勝手に手を出してしまったが、ジョエレはそれを問《と》い糾《ただ》すためにこの部屋に連れてきたのだと思ったのだ。

しかしシャルロットの心配をよそに、ジョエレは怒っているというよりは驚いた顔でイーゼルの上の絵画や部屋の中を見回している。

「オスカルが……これを？」

「ええ。お兄様はとても美術に精通していて趣味で自分でも描いたりするのをご存じでしょう？　お兄様が絵を教わっていた先生は絵画の修復もなさっていたそうで、そのときに色々教えてもらったみたい。うちの絵画を処分しようという話になったときも、お兄様が傷んでいる絵画を修復したのよ。美術商がそれは喜んで相場よりもいい値段をつけてくれたの。それならこの絵もお兄様に綺麗にしてもらえないかと勝手に頼んでしまったのだけれど……本当にごめんなさい」

もう一度頭を下げたシャルロットを見て、ジョエレはイーゼルの上の若き王妃の絵に視線を向けた。

素人のシャルロットに技術的なことはよくわからないが、前回ヒビが入って剝がれかけていた部分はしっかりとキャンバスに馴染《なじ》んでいて、なにより全体の色が鮮明になっているように見える。

ジョエレもそう思ってくれたのか、そのあと唇から漏れたのは満足げな溜息だった。

「オスカルにこんな才能があったとは知らなかったよ。素晴らしい仕上がりだ」

「よかった。勝手にこんなことをしてしまったことを……あなたが怒っているのかと思って」

「怒るわけないじゃないか。もしかして……オスカルがたびたび君の元を訪れていたのは……このこと？」

「ええ」

シャルロットは頷いた。

「あなたを驚かせようと思ってこっそりお兄様に手紙を書いてお願いしたの。でもそのせいであなたを誤解させてしまったわ。本当にごめんなさい」

ジョエレはシャルロットの言葉に優しい笑みを浮かべて首を横に振った。

「謝る必要なんてないよ。僕もカッとして君にひどい態度をしてしまったからね。僕の方こそすまなかった。君が好きすぎてしてしまったことだと思って、今さらだけど無理矢理公爵家から連れ戻したことを許してもらえるだろうか」

シャルロットが笑みを浮かべて頷くと、ジョエレは肩を抱き寄せて、もう一度王妃の肖像画に視線を向けた。

「実はね、僕が頼みたかったのもこのことだったんだ」

「え？」

シャルロットはすぐには言葉の意味が理解できずにジョエレを見上げた。

「この前この部屋に案内したとき、君は管理や収蔵のことをとても気にしていただろう？ それならこの部屋の保存や美術品の管理を君に任せられないかと思ったんだ。倹約家の君のことだから無駄な費用は徹底的に省いて効果的な仕事をしてくれるだろうから、適任だと思ってね」

倹約家、という言葉でクスリと笑いを漏らされてしまい少し恥ずかしい。

「それにしても、先ほども言ったがオスカルにこんな素晴らしい才能があるなんて驚いたよ」

ジョエレがしみじみと呟いた。

「彼さえよければここの仕事を任せるっていうのはどうかな？ 今の国庫の計算ばかりをしている部署よりも君のそばに仕事を持った方が出会いもあるだろうし、君が仕事をできなくなったときに任せる相手としても適任だろう？」

「あら、せっかくジョエレがここの管理を私に勧めてくれたのだから、お兄様任せになんてしないでちゃんと仕事をするつもりよ」

するとジョエレは少し困ったように苦笑いを浮かべた。

「僕が言っているのはそういう意味じゃないよ」

「え？」

「君には王太子妃として僕の子どもを生んで欲しい。そうなると君がどんなに働き者だとしても仕事を控えてもらう時期も来るだろう。身体が心配だからね。そのときにオスカルがいると思えば君も気持ちが楽だろうと言いたかったんだ」

「ジョエレと私の子ども……」

確かに彼にとっては跡継ぎを作るのも大切な仕事だ。彼のためなら喜んで協力するつもりだし、なによりシャルロット自身愛するジョエレとの子どもの姿を想像するだけで胸が高鳴る。

「仕事を持つ女性なら、そういったこともよく考えて準備しておかないとね」

その言葉に、ジョエレが子どもができたからやめさせるとか、軽い気持ちでシャルロットに仕事を任せようとしているのではないと知り嬉しくなった。

追々王太子妃、王妃としてしなければいけない公務が出てくるはずだが、彼がシャルロットを信頼して初めて任せてくれた仕事をきちんと全《まっと》うしていこうと思った。

「子どもができるのはまだ先のことだけど、私ちゃんと頑張るから」

するとジョエレがわずかに眉を上げた。

「そんなに先のことじゃないと思うけど？　だってもうどうすれば子どもができるかは知っているだろう？」

ジョエレはシャルロットの顔を覗き込むと思わせぶりな眼差しを向けた。

「さすがにこの間の一夜だけでは難しいかもしれないけれど、さっそく今夜から励んでみようか」

「えっ⁉」

実は寝室を共にしたのは初めての夜だけで、今は最初に与えられた客間でひとりで休んでいる。つまりジョエレとは手を繋ぐとか軽いキスぐらいの接触しかないわけだが、未婚の男女なら普通のことだ。それにあの日は色々あって抵抗なくすんなり抱かれる流れになってしまったが、まだ初心なシャルロットはそのことを改めて言われたり仄《ほの》めかされたりすると恥ずかしくてたまらない。

ジョエレもそんなシャルロットの心情に気づいたのだろう。唇にからかうような笑みを浮かべる。

「それとも、今すぐの方がいい？」

「な……！　じょ、冗談はやめて！」

「冗談かどうか試してみて」

その言葉にドキリとして身体を離そうとしたけれど、それよりも早く腰を引き寄せられてあっという間に唇を塞がれてしまった。

「ン……」

いつもは軽く啄むようなキスしか交わしていなかったのに、今日は最初から舌先で唇の隙間を撫でられ、シャルロットはキスがしやすいように自分から顎をあげた。

口を開けると待っていたとばかりに肉厚の舌が侵入してくる。熱い舌で口腔がいっぱいになり、その熱で頭に血が上っていくのを感じた。

「んっ……ぅ……」

最初は戸惑っていた深いキスも今はすんなりと受け入れられる。自分でも舌を差しだし、お互いの粘膜を擦りつけあいいやらしく捏ね回すキスは、少しずつシャルロットの体温をあげた。

ジョエレは歯列や頬の裏、口蓋にまで丁寧に舌を這わせてシャルロットの未熟な官能をたっぷりとかき立て、追い立てていく。

すぐに頭の芯まで痺れてしまって、シャルロットは自分が今どこでなにをされているのかも考えられなくなっていた。

「んんぁ……ふ……はぁ……っ……」

口付けだけでたっぷり感じさせられてしまったシャルロットが膝から崩れ落ちそうにな

ったところを、ジョエレの腕が力強く抱き留めた。

「はぁ……」

久しぶりの快感にシャルロットが甘ったるい溜息を漏らす。

あっという間に嵐のような官能が自分の中から飛び去ってしまったことへの物足りなさと、ジョエレに愛されていることを実感した満足とが入り交じって胸が切なくてたまらなかった。

もっとキスをして欲しいと言ったら、ジョエレはどう思うだろうか。思わずその唇を見つめると、口の両端がにやりとつり上がる。

「そんな物欲しげな目で見られるとこのまま続きがしたくなるけれど、また今度ね」

「……っ」

そんなに物欲しげな顔をしていたのかと思うと恥ずかしさにカッと頬が熱くなる。

「ただチャンスさえあれば君を押し倒す気満々だから気をつけて」

ジョエレはそう付け足すと、シャルロットの唇にチュッと音を立ててキスを落とした。

その言葉で初めてここが美術品の収蔵部屋で、いつ誰が入ってくるかもわからない場所だということを思い出した。

それにしても子どもの頃から一緒に過ごしてきたのに、ジョエレがこんなにも魅力的だったことに気づかなかった自分はどれだけ鈍感だったのかと思ってしまう。

これまで男性を色っぽいと思うことなどなかったけれど、美しい顔立ちのジョエレが艶っぽい笑みを浮かべるとドキドキしてしまうのだ。

「もっとしたかった？」

からかうような言葉にシャルロットは慌てて首を横に振った。

「ま、まさか！　だってここにはベッドがないし」

「へえ。シャーリーはベッドでするようなことをしたいんだ？」

「ち、違うったら！」

「まあベッドでなくてもできるけど、そういうことは追々教えてあげるから楽しみにしていて」

「……っ！」

彼の方が一枚も二枚も上手なのだから太刀打ちできるはずがない。シャルロットが真っ赤になって口を噤むと、ジョエレが声を立てて笑った。

「さあ、他に僕に頼んでおきたいことはある？　気になっていることがあるのならどんどん提案して欲しいな。君はこの国の未来の王妃で、唯一僕に対等な立場で意見をできる人間だ」

ジョエレは未来の王妃だから対等だと言ったけれど、子どもの頃からシャルロットのことをひとりの人間として対等に接してくれていると思う。

本来ならもっとシャルロットが気にして敬《うやま》わなければいけないはずなのに、彼にそんな気持ちにさせられたことはない。

いつも『僕のお姫様』と言ってキスをしてくれたジョエレは、ずっとシャルロットを優しく見守ってくれていたのだ。

でもこれからは違う。シャルロットの方がジョエレに歩み寄って、彼を支えていきたいと思った。そんな決意のせいだろうか。胸がいっぱいになって、ジョエレを見つめていると胸の奥から今まで以上にたっぷりと愛情が溢れてくるような気がした。

「ジョエレ、大好きよ」

躊躇わずそう口にすると、ジョエレが嬉しそうに笑う。もともと美男子なのに甘く夢見るように微笑まれると、さらに魅力的でドキドキする。

子どもの頃から一緒にいる相手なのに、好きだと自覚したとたん顔を見るだけでドキドキするなんて病気みたいだ。もちろん病気ではないけれど、この感情にまだ慣れていないから時折自分がおかしくなってしまったのかと心配になる。

「嬉しい言葉だね。でも本当に欲しい言葉とは違うな」

てっきり手放しで喜ぶと思っていたのに、彼が欲しい言葉ではなかったらしい。もしかして『愛している』と言わせたいのだろうか。

シャルロットにとってその言葉は少し大人びていて、恋愛初心者には難しい特別なものに思える。シャルロットが言いよどんでいることに気づいたのか、ジョエレが苦笑しながら長い指でシャルロットの頬をつついた。

「急がなくていいよ。そうだな、でも結婚式には君の言葉を聞かせてくれると嬉しい。もちろん僕は人前だろうとなんだろうといつだって君に愛を囁くけど」

そう言ってもう一度シャルロットの腰を引き寄せると白い耳朶に唇を寄せて囁いた。

「愛しているよ、シャーリー」

頭のてっぺんからドロドロに溶けてしまいそうなほど熱く甘い言葉に、シャルロットは自身の顔がこれ以上ないほど赤く染まっていくことを感じていた。

「そ、そんなに簡単に言わないで……」

照れ隠しにプイッと顔を背けると、すぐそばでジョエレの溜息が聞こえ驚いてシャルロットはすぐにその姿に視線を向けた。

「ひどいな。僕がなんの覚悟もなく愛していると言うわけがないだろ。それとも僕が誰にでも愛の言葉を口にするとでも思っているんじゃないよね？」

「そ、それは……」

ジョエレが誠実な男性であることは疑っていない。ただシャルロットが口にできない言葉を自然に口にできることがうらやましい、というか悔しいのかもしれない。

自分はこれまであまり物怖《ものお》じするタイプではないと思っていたし、ジョエレにはなんでも言えると思っていた。でも愛の言葉は違うのだ。

ジョエレは待っていてくれると言ったけれど、いつになったら口にできるのか、果たしてそんな日がくるのか心配になってしまう。

きっとそれを口にしたらはあの夢見るような幸せそうな笑みを浮かべてくれるだろう。いつかジョエレをそんな笑顔にできるだろうか。

シャルロットの胸にわずかな不安が小さなシミのようにぽつりと落ちた。


一方で結婚式の準備は着実に進んでいて、一日王城ではシャルロットを正式にジョエレの婚約者としてお披露目するためのお茶会と夜会が開かれた。

お茶会が王妃、夜会が王主催という態で国中のめぼしい貴族が王城に招かれ、社交の経験がほとんどないシャルロットはその規模の大きさに呆然とするしかなかった。

王城に来たときにも王城主催の夜会や晩餐会に参加したが、ジョエレが言うところのこぢんまりとした集まりだったらしい。夜会が開かれるホールも前回よりも広いのに人で溢れかえっているのを見て、シャルロットはいかに自分が外の世界を知らなかったのかを改めて思い知らされた。

夜会には父と兄も出席すると聞かされていたが、シャルロットはその前に王妃のお茶会に出席することになっていた。

参加者は貴族の配偶者とその娘たちという女性ばかりの会で、シャルロットにはほとんど初対面の人ばかりだった。辛うじて前回の夜会で挨拶を交わした程度の人もいたが、ほとんどの女性が王妃と並んで出迎えをするシャルロットに興味津々の眼差しを向けている。

王太子ジョエレの婚約者をお披露目する集まりだから注目されるのは仕方がないが、同年代の令嬢の視線がなんだか冷ややかに感じられるのは気のせいだろうか。

シャルロットは必死で笑顔を作ったが、すぐにそれは気のせいではないことが明らかになった。

それはシャルロットが王妃から離れて、数人の令嬢たちとお茶を飲んでいるときだった。

お茶会といっても立食形式で、王妃とシャルロットが招待客全てのテーブルを回れるよう配慮されており、シャルロットは若い令嬢たちのテーブルに立ち寄ったのだ。

自分以外の令嬢たちはみんな顔見知りや友人同士らしく、笑いさざめいて社交界での最近の出来事といった噂話《うわさばなし》に花が咲いていて、ひとり初対面に等しいシャルロットは挨拶こそ交わしたものの居たたまれない。

そもそも社交に参加したことがないのだから話ができないのは当然なのだが、みんなわざとシャルロットの知らない話をしているようにすら思えてくる。

見た限り令嬢たちはシャルロットと同じ年頃の娘ばかりで、シャルロットが今年社交界にデビューする年齢だから、少し年上だとしてもみんな二十歳そこそこの若い女性ばかりだ。

もちろんシャルロットのための集まりだから無視をされることはないが、腫れ物に触るような、どこかよそよそしさは拭えなかった。

すると令嬢の中のひとりが言った。

「シャルロット様はどうして急に殿下と結婚することになさったのですか」

ズバリ切り込むようにそう口にしたのはマルロー伯爵令嬢のエレノアだ。記憶に間違いがなければ初めての夜会でシャルロットを強い視線で見つめていた女性のはずだが、話をするのは今日が初めてだ。

この中では一際美しく臈長《ろうた》けていて、この集団の代表のような自信が感じられる。年齢はシャルロットよりいくつか年上のようにも見えた。

そのエレノアのあまりにも直接的な言葉に、シャルロットは目を見開いた。

「……は？」

驚いて周りを見ると他の令嬢たちも同じ気持ちなのか、好奇心を隠そうともせずシャルロットに視線を向けている。どうやら彼女たちが一番聞きたかったことらしい。

その視線に後押しされるようにエレノアが畳みかけるように言った。

「私のお父様の話ですと、シャルロット様は幼い頃に殿下の許嫁として指名されていたそうですね。でもそれはシャルロット様次第で、もしシャルロット様が拒まれたら他の花嫁を迎えると殿下が約束されたとか」

エレノアがそこで言葉を切ると、周りの娘たちもうんうんと大きく頷く。

しかしシャルロットですら先日知ったばかりの内容なのでとっさに言葉が出てこない。この話はどれだけの貴族が知っている話なのだろう。

「ですから私たちは周りから万が一にも殿下の花嫁に選ばれることに期待されて、殿下に相応しい女性になるようにと両親に言いきかされてまいりました」

やはり最近ジョエレから聞いた話と同じ内容だ。どうやら貴族の間では有名な話で、知らなかったのは本当にシャルロットだけだったらしい。

きっと社交界ではまことしやかに囁かれていたが、社交に参加していなかったシャルロットの耳に入らなかったのだろう。

「殿下ももうすぐ三十歳になられるということで、これから本格的に私たちの中から花嫁を選ぶ、そんな話になっておりましたの。ですからどうして突然お気持ちを変えられたのか大変興味がございますのよ」

そう言ったエレノアの口元には笑みこそ浮かんでいたが、シャルロットに向けられた視線は冷ややかに感じられた。

今さら出しゃばるなという空気がひしひしと伝わってくる。

もしかして、自分は今虐《いじ》められているのだろうか。しかし、それで泣いて引き下がればよしとでも思っているのだとしたらすごい勇気だ。

例えばシャルロットが失礼なことを言われたと王妃やジョエレに言い付ければ、伯爵家などひとたまりもない。それなのにここまではっきりと口にするということは、王太子妃として信頼に足る人物なのか試されているのだろうか。

確かに自分が逆の立場なら、国の先行きを考えて王太子に早く伴侶を見つけて欲しいと心配するのもわかる。

そんな条件など知らなかった自分に責任はないと言い切ることもできるけれど、ジョエレと結婚することを決めた今は、この問いに真摯に答える責任があるだろう。

シャルロットは心を決めて、深く息を吸い込んだ。

「皆様にはご心配をおかけいたしました。改めまして……ベルジェ公爵の娘でシャルロットと申します。子どもの頃からほとんど領地から出たこともなく、王城でのマナーやしきたりなどなにひとつ存じません。色々教えていただけると嬉しいです。どうぞよろしくお願いいたします」

本当は王城ではジョエレの手配でマナーやしきたりを教えてくれる教師がついていたが、シャルロットは柔らかな微笑を浮かべて本音を飲み込んだ。

微笑み返すとは思わなかったのだろう。シャルロット自身自分の唇の両端がつり上がり笑顔になっていることが信じられなかった。

そしてその笑みを見てシャルロットを囲んでいた令嬢たちが、その可憐《かれん》な微笑みに不意を突かれたように言葉を失ったときだった。

「シャーリー」

女性だけのお茶会に突然割って入った男性の声にその場の女性たちが驚いて目を見開く。

しかもシャルロットには馴染みのある声な上に、今ここで一番聞きたくない声だったのだ。

恐る恐る振り返ると予想通りジョエレが近づいてくるところで、シャルロットが口を開くよりも早く隣に立つとシャルロットの細腕をとり自分の腕に絡めてしまった。

昼の茶会は貴族の妻やその娘といった女性たちの交流の場として設けられたものだったから、突然のジョエレの登場にその場がしんと静まりかえる。

シャルロットは驚きすぎてドキドキと騒ぐ心臓の音がこの場にいる人たちみんなに聞こえてしまうのではないかと心配になった。

「ジョエ……殿下、どうなさったのですか？」

いつものように呼びかけそうになり、慌てて言い直す。

「君はお茶会に参加するのは初めてだろう？　様子を見に来たんだ。なにか困ったことはない？　なんだか君がみんなに囲まれて虐められているように見えたから」

「……っ」

まるですべて話を聞いていたのではないかというようなひやりとする言葉を口にしたの

で、シャルロットの心臓がさらに大きく跳ねた。

「ま、まさか」

動揺を悟られないよう慌てて笑みを浮かべたけれど、心臓のドキドキは簡単には収まりそうにない。これ以上近づいたら、本当にジョエレに心臓の音が聞こえてしまいそうなほど大きな音だ。

「もちろん王太子の婚約者、未来の王妃のシャーリーに不敬な発言をする人間などいないとは思うが」

ジョエレはいつもよりも威厳のある口調で言うと、牽制《けんせい》するようにその場にいる女性たちの顔をぐるりと見回した。

睨みつけているわけではないが、ひとりひとりに視線を当て、まるでその顔を確認しているみたいだ。

シャルロットは緊張感のある空気を肌にひしひしと感じて、慌てて口を開いた。

「で、殿下、ご心配いただいてありがとうございます。でも皆さんとてもご親切にしてくださっていますので、ご案じいただかなくても大丈夫ですわ」

宥めるようにジョエレの腕にもう一方の手をそっと置くと、彼はその手を取ってシャルロットの指先に唇を押しつけた。次の瞬間令嬢たちの間から息を飲むような音が聞こえたが、シャルロットには周りの様子を見る余裕もない。

「それならよかった。知り合いがいない席で君が困っていないか心配だったんだ。君は僕の大切な人だからね」

そう言いながらジッとシャルロットの菫色の瞳を覗き込んでくる。いつもならうっとりと見つめ返してしまうジョエレの碧い瞳だが、今はそれどころではない。

こちらの様子を窺っていると思われるジョエレをどうやって納得させるかの方が重要だった。

「ありがとうございます。でも本当に殿下にご心配いただくようなことはございません」

シャルロットは精一杯の笑顔を作ってジョエレに微笑んでから、この場ですっかり動けなくなっている令嬢たちにもなんとか笑顔を向けた。

みんな王太子の前で発言するなど以《もっ》ての外《ほか》だと思っているのか、それともジョエレに圧倒されているのかはわからないが、唇を固く引き結んで口を開こうとしない。場の空気は最悪だ。

シャルロットは一《いち》か八《ばち》かで、助けを求めてエレノアに視線を向けた。するとエレノアは察したように小さく頷くと、緊張した面持ちで口を開いた。

「畏れ多くも殿下の前でシャルロット様にそんなふうに言っていただくなんて、みんな感極まって言葉もないようですわ。でもこんなにも可愛らしい方ですから王太子殿下がご心配になるも当然です。私たち微力ではございますが精一杯シャルロット様をお支えしたい

と思っておりますのでご安心くださいませ」

ジョエレはエレノアのそつのない言葉に、隣に立つシャルロットにだけ聞こえるぐらいの小さな溜息を漏らした。

「あなた方が僕の婚約者に対してひとり残らずそういう気持ちでいてくれることに期待しているよ。シャーリー、あとで母上たちのテーブルにも顔を出してやってくれないか。母の友人たちが君と話すのを楽しみにしているらしい」

「もちろんです」

シャルロットが頷くと、ジョエレはもう一度令嬢たちを見回し、シャルロットとの頬にそっと唇を押しつけてからその場をあとにした。

ジョエレの後ろ姿が人混みの向こうに消えたとたん、令嬢たちの唇から熱のこもった溜息が漏れた。みんな相当我慢していたらしく昂奮《こうふん》した言葉が続く。

「あまりお姿を拝する機会もありませんが、お近くで拝見するとあの美男子ぶりに見蕩れてしまいますわ」

「本当に。殿下の麗しい姿はこの国の財産と言ってもよろしいのではないかしら」

「今夜の夜会こそ是非一曲お相手を……」

ひとりの令嬢がそこまで言いかけてハッと口を噤んでシャルロットを見た。気まずそうな顔をされて、どういう態度をすればいいのか困ってしまう。

ジョエレが他の女性と踊ると考えるとモヤモヤしてしまうが、彼には王太子として付き合いもあるだろうし、他の女性と踊るぐらいのことで騒ぎ立ててもいけない気がする。

それでなくても男女のことに疎く、社交界のマナーを理解しきれていないシャルロットには、自分にどこまでの権利があるのかわからないのだ。

シャルロットが答えあぐねていると、エレノアが口を開いた。

「今夜はシャルロット様と殿下の麗しいダンスの姿が拝見できますわね」

ジョエレが姿を見せる前とは打って変わってにこやかに微笑みかけられて戸惑いながら頷いた。

「私、ダンスはあまり得意ではなくて。ずっと領地に引きこもっていたので、家族以外の男性とダンスを踊ったことがないのです」

「でも先日の夜会では殿下と踊っていらしたでしょう？　とてもお上手でしたわ」

エレノアの指摘通りジョエレとダンスはしたが、あの夜もみんなに様子を窺われていたのだろう。あのときはジョエレにドレスを仕立ててもらったことに罪悪感を覚えて彼を責めていたときだったから、他人の視線などあまり気にしなかったが、今さらながら拙いダンスを披露していたことが恥ずかしくてたまらない。しかもこの調子では、今夜のダンスはさらにみんなの注目を集めてしまうのだろう。

これまで人の目などあまり気にしたことがなかったけれど、ジョエレと結婚すればこれからは嫌でも人の注目を集めてしまうのだと不安を覚えたときだった。

「それに噂には聞いておりましたが、殿下はシャルロット様に夢中でいらっしゃいますのね」

エレノアの発言にその場にいた令嬢たちが同意するように何度も頷くのを見て、シャルロットは再び居たたまれない気持ちになる。

そうなのだ。以前から近かった距離は親戚だからだと勝手に思っていたが、それを差し引いてもジョエレはスキンシップが過度であることに最近やっと気づいた。

それに今のやりとりだけを見ていたらジョエレがシャルロットにご執心のように見えるが、本当はシャルロットも今はジョエレが大好きでたまらないのだから。

子どもの頃からあわよくばジョエレの婚約者にと言いきかされてきた彼女たちから見れば、ジョエレとのやりとりがうっとうしいことこの上ないのもわかる。もし自分が逆の立場なら、たいした努力もせずに王太子妃の座に座ろうとしている女性など憎らしくてたまらないだろうと想像できるからだ。

「でもシャルロット様のような素敵な相手がいらっしゃるのでは仕方がありませんわ。先ほどは失礼いたしました。どうかこれからは仲良くさせてくださいませ」

エレノアはそう言うと一歩進み出て、シャルロットに向かって膝折礼《カーテシー》をする。すると他の令嬢たちもそれに倣って膝を折った。

「……」

未来の王妃に礼をとるという態度を行動で示してくれたらしい。

攻撃的とまでは言わないが先ほどまで緊張感があった空気が緩む。やはり最初に感じた通り、エレノアが彼女たちのリーダー的な存在だったようだ。

どうやらこのお茶会の最初の難関は突破することができたと、シャルロットはホッと胸を撫で下ろし、この先エレノアは敵に回してはいけないと思った。

今彼女たちが自分に向かって膝を折ったのはジョエレのおかげで、自分に対する本当の尊敬からくるものではない。この先彼女たちの本当の信頼を勝ち取っていくためには、相当の努力が必要だ。

きっとシャルロットが王太子妃に相応しくない言動や態度をすれば、エレノアはすぐにシャルロットを見限るだろう。彼女の顔色を窺うつもりはないが、ひとつの指針として心に留めておこうと思った。

そのあとも王妃の友人たちのグループの輪に招かれあれこれと質問をされたが、先ほどの令嬢たちに囲まれたときの緊張に比べれば楽なもので、冗談を言って夫人たちを笑わせる余裕もあったほどだ。

ほんの数刻の間に自分もすっかり肝が据わったと内心おかしくなった。先にエレノアの洗礼を受けていたおかげかもしれない。

あのあと少し話をしたが、エレノアはシャルロットより二歳年上で今まさに適齢期という年齢で、シャルロットが出てこなければ家柄や容姿からして本当にジョエレの花嫁に選ばれていたかもしれない人だった。

もちろん今のシャルロットはジョエレを誰かに譲るつもりなどないけれど、もっと前にエレノアと知り合っていたら、彼女こそ王太子妃に相応しいと思っていただろう。

この日は予定が目白押しで、お茶会を終え部屋に戻ったシャルロットは待ち構えた侍女たちに囲まれ、これ以上ないというぐらい飾り立てられた。

「お披露目の夜会なのですから、本当なら朝からお支度をさせていただきたかったですわ」

「そうですわ。お茶会だけでも疲れてしまうのですから、夜会はせめて翌日にしてくださったらよかったのに」

「でも地方からいらっしゃる貴族の方はあまり長く滞在できないそうだから」

「だからといってこちらがその都合に合わせる必要はないはずだわ」

「そうよ。シャルロット様、お疲れではございませんか？」

侍女たちは口々に労ってくれたけれど、朝からずっと緊張し続けていたシャルロットは自分がどれほど疲れているのかもわからなかった。

強いて言えばこうして昼も夜も着飾らされるのが一番疲れると思ったが、さすがに甲斐《かい》甲斐《がい》しく世話をしてくれる侍女たちにそんなことは言えず、大人しくされるがままになっていた。

なんとか支度を終えたシャルロットがジョエレのエスコートで舞踏室に足を踏み入れたときには日はとっぷり暮れていて、部屋に入ったとたんまばゆい光がシャルロットの目を刺した。一瞬目が眩《くら》んだシャルロットは慌ててジョエレの腕にしがみつく。

「大丈夫？」

「ええ。眩しくて……少し驚いただけよ」

そう答えもう一度視線をあげると、天井からつり下がったシャンデリアではこれでもかというほどたくさんの蠟燭《ろうそく》の炎が揺れていて、まるで昼と見まごうほど明るい。

王城で使われるような余計な混じりけのない上等な蠟燭は大変高価だ。それを惜しみなく使うことができるのもランブランの豊かさのなせる技で、ここに集った貴族たちはこのまばゆい光だけでこの国に生まれたことの幸せを感じられるだろう。

しかしシャルロットはその豊かさに幸せを感じるだけでなく、いつも倹約ばかりを掲げて暮らしていた自分が、本当にここでの生活に馴染むことができるのか心配になった。

王城に花婿探しと称して乗りこんできたときは、王城はなんて無駄なことが多いのだろうとジョエレに意見をしたけれど、王太子妃となったらそんなことばかり言っているわけにはいかないだろう。

それに今はそれが無駄という言葉ひとつで片付けることができないのも十分知っていた。王族とは国の民のために心を砕くことは当然だが、それとは別に尊敬と畏怖の対象でなければならないのだ。例えばジョエレがただ見目麗しいだけの青年だったら、誰もがこれほど彼を敬わなかっただろう。

彼は王族として自分ができることをし、その上で誰からも尊敬されるような威厳を身に着けているからこそ、みんながジョエレを見て王族を憧憬するのだ。

シャルロットが無駄だと訴えた扉の前に立つ召使いやこの眩しすぎる明かりも、その権威を保つための手段なのだと今なら理解できるようになってきた。

しかしそれを自分自身のこととして受け入れられるかどうかは別のことで、身分違いの恋というものはこんなにも悩み多きものなのかと不安になる。

まだやっと婚約者としてお披露目をされたばかりなのに、自分のようななにもわからない人間に本当に王太子妃など務まるのだろうか。

そんな不安を抱えながら夜会をやり過ごしたけれど、それがジョエレには疲れの表情として見えたようで、部屋に戻るなり心配そうに顔を覗き込まれた。

「シャーリー、ずいぶんと疲れた顔をしているね」

「……えっ?」

自室に戻ったシャルロットがやっと人目から解放されたとホッとした次の瞬間聞こえた

声に顔をあげると、そこには心配そうにこちらを覗き込むジョエレの碧い瞳があった。

「ジョ、ジョエレ⁉」

気を張っていたシャルロットはジョエレが部屋まで付き添ってくれたことに気づかなかったらしい。

ずっと一緒にいたのに突然目の前に現れたように思えてしまい、シャルロットは後ろめたいこともないのに狼狽えてしまう。表情でそれが伝わったのか、ジョエレが苦笑いを浮かべた。

「僕の姿も目に入っていないなんてちょっと傷つくな」

「ち、違うの！　考えごとをしていて……」

今日はジョエレやエレノアの助けがあったからなんとかやり過ごせたが、今までほとんど社交を経験したことのない自分がこれから今日のような日々を続けることができるのかと、夜会が終わりに近づくにつれて不安が大きくなっていた。

「僕の存在を忘れるほどのことなんて、なにを考えていたのか気になるな。教えてくれる？」

冗談めかして笑いを含んだ、それでいて甘やかすような声音にシャルロットは泣きたくなった。

彼は優しく尋ねてくれているけれど、きっと生まれたときからこの環境で育ってきたジヨエレには理解できないことだろう。そうだとすればそれを言ってもジョエレを悩ませるだけだ。

「たいしたことじゃないのよ。今日はたくさんの人に会って挨拶をしたでしょう？　名前を覚えるのも大変だったし、人にあたってしまったみたい」

ジョエレにこれ以上質問されてもうまく説明する自信がなかったので、シャルロットはなんとか唇に笑みを浮かべた。それがあまりにも力ない仕草で、さらに彼を心配させていることには気づかない。

「本当に大丈夫？　明日からは結婚式への最後の衣装合わせや大聖堂での式の予行演習と忙しくなるから、早く休んだ方がいい」

「……ええ」

シャルロットの唇に浮かんだ力ない笑みに、ジョエレは侍女たちに目配せをする。何事かとシャルロットが訝っているうちに最後の侍女が扉を閉めて出て行ってしまい、そのことについて問うよりも早くジョエレに抱きあげられて彼の膝の上に座らされていた。

ジョエレの温かな腕が優しくシャルロットの細い肩を抱き寄せる。

「さあ、他になにに悩んでいるのか言ってごらん」

いつものシャルロット専用の甘やかすような声にホッとしてしまい、珍しく自分からジョエレの胸に頭をもたせかけた。

「……」

口を開いたら泣き出してしまいそうな気がして俯いていると、頭上でジョエレが小さく息を吐く気配がした。

「シャーリー……もしかして結婚するのが嫌になった？」

その言葉にドキリとしてパッと顔をあげると、眉尻の下がった悲しそうなジョエレの顔があった。

「ち、違うわ！　ジョエレのことは大好きよ。別にあなたに不満があるとか、そういうことじゃないの」

シャルロットはそこまで言うと、再びしゅんとして口を噤んでしまう。

ジョエレと一緒にいたい。その手段として結婚が必要なのもわかるし、そのことについて神の前で誓うのだって喜んで受け入れる。

しかし、うまく言葉にできないけれど漠然とした不安があるのをどうやって伝えればいいのだろう。ジョエレと一緒にいたいのに、本当にこのまま一緒にいてもいいのかわからなくなってくる。

「違うの……本当に違うのよ……」

こんなことで泣いてジョエレを困らせたくなどない。それなのに自分の不甲斐なさに涙が滲んできてしまうのだ。

シャルロットは幼い頃からあまり人前で泣くことはなかった。母が屋敷の召使いと駆け落ちをしたときはショックだったが、屋敷の者たちが労ってくれたし、屋敷の経済状態を思えば泣いている暇はなかったからだ。

ベルジェ家のため、父や兄のため、領民のためと張り切ってきて、周りもそんなシャルロットに期待してくれているのを感じたから、いつの間にかそれが生きがいのようになっていた。

でも王城に来てからは少しのことで気が弱くなったり、ジョエレの前でめそめそしてしまっている気がする。みんなのためにと張り切っていた自分はどこへ行ってしまったのだろう。

ジョエレを好きになればなるほど心が弱くなっていくような気がして怖い。初めて心からひとりの人を好きになって、相手からも愛されていることを知りこの上なく幸せなはずなのに、どうしてこんな気持ちになってしまうのだろう。

「シャーリー。やっぱり僕は君に無理をさせているんだね」

「……」

シャルロットはとっさに答えることができなかった。

ジョエレに引け目を感じるなんて生まれて初めてのことだ。本当ならもっと早くから身分の違いなどを感じていなければならなかったのに、ジョエレがそれを感じないように気を配ってくれていたのだ。

「ごめんなさい。あなたはなにも悪くないの」

シャルロットは必死で自分の気持ちを整理して言葉を選ぶ。

「お茶会でお友達ができたし、夜会でダンスをするのも楽しかったわ。でも私にこれから先もあんなにたくさんの人たちとお付き合いができるのかしらって。私のせいであなたに恥をかかせてしまうかもと思ったら怖くなってしまったの」

「うん」

「今日の夜会でも自分の勉強不足が恥ずかしかったわ。私、今朝まで婚約者のお披露目と言ってもあなたのそばでニコニコしていればいいものだと思っていたの。少し考えればわかるのにバカでしょう？　例えば誰と誰の仲がいいのかとか、誰が誰を好ましく思っていないのか、政治的に敵対しているのは誰とかいくらでも勉強しておくことができたのに。今日たくさんの人に紹介されて、なにも知らない私が余計なことを言ってしまったらどうしようかと思うと不安になってしまって。そのうちに……こんな私に本当にあなたの妻が務まるかと考えたらもう怖くてたまらなくなってしまったの。だからあなたを嫌いになったのではなくて、自分のできの悪さが嫌になってしまったの」

言葉にしてみてやっとわかった。最初は生まれの違いだのジョエレが王太子だからだの理由をつけていたけれど、本当は自分のできなさ加減に落ち込んでいたのだ。

こんな自分はやはりジョエレには相応しくないのかもしれない。シャルロットが改めて口にしてみて気づいた自分の不甲斐なさに俯いたときだった。

ジョエレがシャルロットの小さな手をそっと握りしめた。

「そんなことを気にしていたの？　君はちゃんとできていたじゃないか。みんな君の笑顔に夢中でみんなの視線から隠してしまいたかったぐらいだ」

「やめて。今はそんな冗談で笑える気分じゃないの」

ジョエレは気を引き立ててくれているのかもしれないが、気遣われたら余計に落ち込んでしまいそうだ。

「本当だよ。海千山千の重臣たちとの会話にも笑顔を絶やさなかったし、一度聞いた名前は絶対に間違えたりしないでひとりひとりきちんと名前で話しかけていただろう？　僕だって初対面では覚えきれずに誤魔化《ごまか》すことだってあるのに、君は一度も間違えたりしなかった。それだけでも君は社交に向いていると思って見ていたんだけどな」

大袈裟に褒められて恥ずかしくなってしまう。

「あれは……そんなんじゃないの。うちではお父様もお兄様もあんな感じだから、領民の相手は私がするしかなかったでしょう？　みんな私が名前を覚えて話しかけることを喜んでくれていたからできる限りそうするように努力するクセがついていただけよ。そんなに褒められるようなことじゃないわ」

「それが自然にできることがすごいんだよ。どうすれば相手の好意を自分に向けることができるか知っている。君の素質だと思うよ。それにシャーリーは領地でちゃんと社交の真似事《まねごと》を経験しているじゃないか。ベルジェ公の領民たちが一番慕っていたのは、自分たちを気にかけてくれた君だ。規模は違うが、王太子妃の役目もそれと同じだと思うんだ」

「……そんなものかしら」

「ああ。だからそんなふうに自分を卑下しないでくれ。僕が愛した女性のことを、たとえ本人にでも否定されたくないからね。それに自分に足りないものがあると感じたのなら、いくらでもこれから学ぶ機会はあると思わない？」

足りないものがあれば補えばいい。ジョエレの言う通りだ。

考えてみれば最初は領地経営のことだって何も知らなかったし、薬草のことだって、料理のことだってなにも知らなかった。社交のことだってこれから学んでいけばいいのだ。

「僕は今のままのシャーリーでも十分魅力的だと思うけれど、君が勉強したいというのなら今教わっているマナーの講師のように誰か先生をつけてもいい。すぐに手配しよう」

シャルロットはジョエレの言葉に頷いて、慌てて口を開いた。

「それならひとつお願いがあるの！」

「うん、言ってごらん」

「あのね、貴族社会の人間関係や社交の講師をと言うのなら、エレノア様にお願いできないかしら」

シャルロットが口にした名前を聞きジョエレが目を丸くする。

「マルロー伯爵家の？　今日の茶会で君を取り囲んでいた女性のひとりだろう？」

その言葉に、あのときやはりジョエレは令嬢たちを牽制するための声をかけてきたのだと確信した。

「ええ。私、教わるのなら同じ年代の女性に教わりたいの。今日何度かお話をしてみてエレノア様は同年代の女性が必要としている知識やマナーをすべて兼ね備えているように思えたわ」

王城に来たときにジョエレがつけてくれたマナー講師も決して悪い人ではないのだが、母や王妃といった年代の女性で考え方に古い部分があると感じたことが何度かある。

もちろん基本的なことは守るつもりだが、これからの王家を支えてくれる若い世代の女性の感覚も知りたかった。そもそもジョエレの花嫁を目指していたのならマナーだって社交だって完璧のはずだ。

「それにあの方はあなたの花嫁候補だったのでしょう？」

悪気もなく口にしたつもりだったが、ジョエレが目に見えてギョッとする。

「誰から聞いたのか知らないけれど、両親や大臣たちが勝手に期待していただけで僕はなんとも思っていなかったよ。本当だ」

慌てて否定するジョエレがおかしくて、シャルロットはクスリと笑いを漏らしてしまう。

「わかってるわ。でもそんなふうに慌てて否定されたら、逆に疑ってしまいそうね」

「本当に違うんだ！」

狼狽える姿を見ていたらいつもの調子が戻ってきて、シャルロットはクスクスと笑い声を立てていた。

「冗談よ。あなたがそんな人じゃないことぐらい私が一番知っているわ。だって、あなたは子どもの頃から私の王子様ですもの」

「シャーリー！」

ジョエレが感極まったように膝の上のシャルロットを抱きしめた。

「ジョエレ、苦しいわ」

「仕方ないだろ。僕は君が愛しくてたまらないんだ」

ジョエレはそう囁くとシャルロットの顎に手をかけ上向かせる。彼の唇が近づいてくるのを見て、拒む理由のないシャルロットは大人しく目を閉じた。

ちょっとしたときに交わす口付けよりも強く押しつけられた唇はいつもより強くジョエレの熱が伝わってくる。

自然と開いた唇の隙間からぬるりと舌が滑り込み、舌先がシャルロットの整った歯列をなぞっていく。さらに口を大きく開くと、ぬめる舌がシャルロットの口腔を荒らし始めた。

「んっ……ふぅ……っ……ん……」

いつの間にかキスだけで感じるようになったシャルロットの身体は、ジョエレとの深いキスで熱を持ち始める。夜会服からはみ出した素肌が粟立って、触れられただけで喘いでしまいそうなほど敏感になっていた。

頬にかかるジョエレの息も火傷しそうなほど熱くて、ジョエレの膝の上でしっかりと抱きしめられているはずなのに、頭がクラクラして身体が揺れているような気がする。

「今夜はここで一緒に眠ってもいい？」

キスの合間に、唇が触れあったままジョエレが掠れた声で呟く。シャルロットは少し考えて、それからジョエレの瞳を覗き込んで言った。

「……か、かまわないけれど……朝あなたが私のベッドにいたら、きっと侍女たちがびっくりすると思うわ」

そう、ジョエレはどうかわからないが、朝目覚めたときから眠るまでシャルロットのそばには誰かしらが控えていて、暑くはないか寒くはないか、喉が渇いていないかとなにくれとなく世話をしてくれている。

ジョエレがシャルロットのベッドで眠っていたら、きっと侍女たちは驚くはずだ。すると心配顔のシャルロットに向かってジョエレが小さく笑いを漏らす。

「うちの侍女たちにそんな柔な神経の持ち主はいないと思うよ。それどころかいつも君につれなくされている僕がやっと君を本当に自分のものにしたのだと喜ぶかもしれないけどね」

「……」

それはそれでかなり恥ずかしい。そもそも結婚式の前にジョエレとそういう関係になること自体がはしたなく、恥ずかしいことだ。

そう考えると朝シャルロットのベッドにジョエレがいるのは、思っていた以上に大問題なのではないだろうか。

「や、やっぱり今日はダメ！　ジョエレは自分の部屋に帰ってちょうだい」

シャルロットは広い胸から身体を離し、その胸を押し返そうとする。しかしそれより早く身体の向きを変えられソファーに組み敷かれてしまう。

「初めて君を抱いた夜からずっと我慢していたんだ。こんなふうに結婚について悩んでくれている君のいじらしい姿を見せられたらもう我慢できないよ。いつ侍女たちが入ってくるかもわからないこのソファーの上で抱かれるか、君のベッドの上で抱かれるかどちらか選んでくれ」

どちらにしてもジョエレの思い通りにしかならないその二択は間違っている。しかしこのままジョエレと別れてしまうのもなんだか物足りなくて、それを口にすることはできなかった。

「シャーリー？　どっちにするの？」

甘ったるい声で囁かれて、シャルロットは観念するしかなかった。

「……こ、ここではイヤ」

シャルロットが消え入りそうなか細い声で呟くと、ジョエレは待っていましたとばかりの勢いでシャルロットを抱きあげ続き部屋になっている寝室へと足を向けた。

シャルロットの寝室は、ピンクを基調にリネンや調度類が整えられていて、先日のジョエレの深い色を中心にまとめられていた部屋とは正反対だ。

レースとフリルがたっぷりとあしらわれた天蓋やベッドカバー、枕の下には眠りを誘うためのポプリが仕込まれていて、そんな少女のようなシャルロットのベッドの上に立派な体躯のジョエレが座っているのはなんだか滑稽だ。

シャルロットがぼんやりとそんなことを考えているうちに、リネンの上に仰向けに寝かされていた。

侍女たちに時間をかけて着付けをされたはずのドレスがジョエレの手で手早く剝《は》ぎ取《と》られ、あっという間にコルセット、パニエが順番に床に投げ落とされる。

最初の夜も思ったけれど、ジョエレは女性の服の作りに少し詳しすぎないだろうか。

シャルロット自身公爵邸にいたときは着付けのほとんどを自分でしていた。しかしそれは簡素なものだったからで、王城に来てからは毎日侍女たちに時間をかけて着付けをされていた。

コルセットやパニエにも身に着ける手順や着崩れしないコツがあって、それはひとりでは難しかったからだ。

なぜそんなにも手慣れているのか。しかしその問いがシャルロットの唇から漏れるより早く、ジョエレが剝き出しになったシャルロットの胸に顔を埋めてしまった。

「んっ！」

外の空気に触れた胸の先端はすでに膨らみ始めていて、シャルロットが呼吸をするたびにふるふると小刻みに揺れている。ジョエレは大きな手で両胸の膨らみを寄せ集めると、まだ熟れきっていない蕾《つぼみ》を唇と舌で愛撫し始めた。

「あっ……んんっ……」

舌先が蕾の周りを焦らすようにくるりと撫でる。擽ったさに身体を揺らすとジョエレは口を大きく開けて先端をぱっくりと咥え込んでしまった。

「あぁ……！」

胸の先端からビリビリとした刺激が全身に広がって、シャルロットが背を大きく仰け反らせると、ジョエレは乳首を咥えたまま上目遣いでこちらの反応を窺ってくる。

「こうされるの、好き？」

「……っ」

そんな問いに答えられるはずがない。碧い瞳が誘うように揺れて、簡単に感じて声をあげる姿を見られるのが恥ずかしくてたまらなかった。

「この前はここを吸うと可愛く啼《な》いていたよね」

「しらな……」

シャルロットはふるふると首を横に振るしかない。

初めてジョエレの寝室で抱かれたときはひとつひとつが夢の中の出来事のようで、正直詳細はあまり覚えていないのだ。

ただただ恥ずかしかったという感情的な記憶はあるが、ジョエレがどんなふうに自分に触れたのか、どうしてあんなにも身体が高ぶってしまうのかはよく覚えていなかった。

だからこうして確認するように問われても答えられない。そもそもそんな問いに素直に答えていいものなのだろうか。

ジョエレは白い胸の膨らみに指を食い込ませ、柔肉を丹念に揉《も》み上《あ》げる。強く胸を摑まれると硬く尖った乳首がさらに押し出されてしまい、その蕾がジョエレの熱い口腔の中で舐め転がされる。

「んっ……ふ、あぁ……ん……」

自分の唇から漏れる声が妙に艶《なま》めかしくて、シャルロットは手で唇を覆う。

「んっふ……っ、んっ……んぅ……！」

必死に声を押し殺そうとするけれど、強い刺激にどうしてもくぐもった声が漏れるのを止めることができない。

それどころかシャルロットが声を押し殺そうと必死になればなるほど、逆に声をあげさせようとジョエレの愛撫が激しくなるのだ。

ジョエレの唇は胸の先端だけでなくゴツゴツとした鎖骨のくぼみやほっそりとした首筋にも這わされ、小さな耳殻をぱっくりと咥え込む。耳孔に濡れた舌がねじ込まれ、シャルロットはその熱から逃げるように小さく首を振った。

「はぁ……シャーリー……」

熱っぽい囁きはシャルロットの体温もあげる。ふと彼がクンクンと耳の下辺りを嗅ぐ仕草にドキリとして、ジョエレを見つめた。

するとジョエレが素肌に鼻面を擦りつけて深く息を吸い込む気配がして、シャルロットはとっさに彼の頭を押し返した。

夜会の支度をするときに入浴をしたけれど、今夜はダンスをして汗をかいている。自分ではわからないけれど、汗臭いのではないだろうか。そう気づいてしまったら、もうジョエレに顔を近づけられるのが恥ずかしくてたまらなくなった。

「あの……あまり顔を近づけないで」

「どうして？」

なにを今さらという顔で見つめられたが、気づいてしまったのだから仕方がない。

「だって……今日はダンスをして汗をかいてしまったから……」

臭いでしょう？　さすがにそう口にするのは恥ずかしくて口ごもると、ジョエレは唇を歪めからかうような笑みを浮かべた。

「そう？」

ジョエレは小さく首を傾げると、シャルロットの言葉に応えるように先ほどよりも深く息を吸い込んだ。

「や、やめて！」

「大丈夫。僕にとって君の香りは薔薇の花より香《かぐわ》しいからね」

そう言いながら素肌に唇を押しつけ、さらに汗ばんだ肌を熱い舌で舐めあげた。

「んっ……あぁ……」

ぬめる舌がねっとりと白い肌を舐めあげ、時折唇がチュッと音を立てながら肌を強く吸い上げた。

汗の香りが薔薇より香しいなんてことがあるはずがないのに、ジョエレは甘い笑みを浮かべながら言ってのける。

ジョエレに肌を舐められると背筋がぞわぞわしてしまうのに、その感触が嫌ではない。

むしろもっとして欲しいとすら思ってしまう自分はどうかしているのだろう。

「あ、あぁ……ん、ん……」

　必死で堪えていた声が再び唇から溢れて、恥ずかしさに愛撫から逃れようと身悶えているうちに、気づくとうつ伏せにされ背中にも唇を押しつけられていた。

「ひぁ……っ！」

　いつどこに触れられるかわからないからなのか、先ほどまでの愛撫よりもさらに快感に敏感になる。見えないのに頭の中にはジョエレがいやらしくシャルロットの背中に舌を這わせる姿が浮かんでしまって身体が疼いてしまうのだ。

「ん、ぁ……はぁ……ん、んん……」

　擽ったくて逃げ出したいのに、熱い舌の感触は甘美でシャルロットを淫らな気持ちにさせる。

「シャーリーは背中も感じやすいんだね」

「ち、ちが……」

　これは違う。感じているのではなくて擽ったいだけだ。必死で自分に言いきかせるけれど、本当は擽ったいだけではないことも気づいていた。

　背中に口付けられるだけで下肢が疼いてしまうと言ったら、ジョエレはどんな顔をするのだろう。

　ジョエレに抱かれた夜から自分の身体はおかしくなってしまった。今まで感じなかったジョエレの仕草ひとつひとつに身体が反応してしまうのだ。

　今夜の夜会でもジョエレがシャルロットの肩を抱いたときに触れた指先の熱さや、誰かが冗談を言ったときに漏れた低い笑い声、ふとしたときにシャルロットをジッと見つめる碧い眼差し。ジョエレのなにもかもがシャルロットの身体に火をつけるのだ。

「シャーリー……」

　低く掠れた声にも胸がキュンと締めつけられて、切なくてたまらなくなる。

　うつ伏せの身体を抱きしめるように背後から伸びてきた手に、自重で押し潰されていた胸の膨らみを包みこまれた。

「んんっ」

　すっかり勃ちあがった乳首が大きな手のひらの中で転がされ、長い指が時折それをキュッと摘まむ。

「あ、ん……ん……あぁ……」

　無意識に頭をもたげると腰を引き上げられ、気づくとうつ伏せのまま彼にお尻を突き出すような格好にされていた。

　太ももに手がかかり、四《よ》つん這《ば》いのまま足を大きく開かされる。されるがままになっていたシャルロットは、自分がしているはしたない格好に気づき、慌てて肘をつき身体を起こそうとした。

「や……こんな、かっこう……」

ふと頭に浮かんだのは動物の姿だ。

以前に四つ足の動物の交尾の話を聞いたことがある。そのときは確か屋敷の馬の種付けかなにかの話を漏れ聞いたのだが、今の自分はまさに獣のようだ。

しかしジョエレは気にならないのか、大きく開かせたシャルロットの足の間に長い指を滑り込ませる。ぬるりと指が滑る感触が恥ずかしくてシャルロットは再びリネンに顔を伏せた。

「んっ、ふぅ……っ……」

ジョエレに抱かれるのが二度目の今夜なら、どうして自分の身体が蜜に濡れているのか知っている。ジョエレに触れられることに身体が喜んでいるからだ。

「ああ、感じてくれているんだね。もうとろとろになっているじゃないか」

ジョエレの言葉もそのことを証明していた。

長い指が濡れそぼった淫唇を撫でる。お尻を突き出し剝き出しになった秘処がジョエレからどう見えているのはわからないが、はしたない姿であることは間違いない。

シャルロットは死にたくなるような羞恥と快感の狭間《はざま》で頭の中が混乱していた。

「や……こんな……んんっ……あ、あ……ん……」

なにも考えずこの快感に身を任せてしまいたいのに、わずかに残った羞恥が邪魔をする。

しかしその羞恥がさらに身体を高ぶらせる手助けになっていることをシャルロットは知らなかった。

ジョエレの指に乱された蜜孔からは止めどなく淫蜜が溢れ、白い太ももにも伝い落ちる。

「可愛いシャーリー……もっと感じて」

「ひぁっ！」

指が蜜孔の入口を抉《えぐ》る動きに、シャルロットは頭を大きく仰け反らせる。それが合図のようにぬかるんだ隘路に長い指が押し込まれていく。

「んっ、あ、やぁ……っ」

内壁を指が擦る刺激にぞわりと肌が震えて、知らず淫唇がヒクヒクと震える。シャルロットはリネンをギュッと握りしめて快感に耐えるしかない。

お腹の奥がじんわりと熱を持っていて、足の間が疼いて仕方がない。シャルロットは泣きたい気持ちになった。

早くこの行為から解放されたいのか、それとももっと激しく乱して欲しいのか、自分でもよくわからない。ただ意識はジョエレの指の動きだけを追いかけていて、次にどこに触れられるのかばかり考えてしまう。

「あ、あぁ……ん、ふぁ……ん、んんっ……」

気づくと隘路を犯す指が二本に増やされていて、狭い膣洞を押し広げるように何度も抽

送をくり返される。

「ここ、真っ赤になっていてすごく可愛い。もっと欲しいって涎《よだれ》を垂らして強請っているみたいだ」

「……っ！」

耳を塞ぎたくなるような卑猥《ひわい》な言葉を囁かれ、今すぐここから逃げ出したくなるけれど、がっつりと腰を抱え込まれていてそれも叶わない。

リネンにしがみついて、自分の身体から抽送のたびに溢れ出すグチュグチュという淫らな水音とジョエレの卑猥な囁きに耐えるしかなかった。

「ひぁ……んっ、あ。あぁ……！」

不思議なことに堪えれば堪えるほど身体が熱くなって、もっと愉悦に支配されてしまう。

今夜のジョエレの愛撫は乱暴ではないが執拗《しつよう》で、最初の夜のときとはまったく違っていた。

あの夜は初めてのシャルロットを怖がらせないよう優しく接してくれていたのかもしれないと、霞みがかった思考の端でちらりと考えたけれど、次々と襲ってくる快感の波に浮かんでは消えてしまう。

「あ、あ、あぁ……っ」

何度も指で胎内を抉られ、身体の奥で熱が暴れて今にも弾けてしまいそうだ。この高ぶりの先になにがあるのかはなんとなく覚えていて、怖いような待ち遠しいような不思議な気分だ。

　するとジョエレがシャルロットを背後から押し潰すように抱きしめると耳に唇を寄せた。

「知ってる？　今夜は招待客に挨拶をしているときも君を抱きしめたくて仕方がなかったし、ダンスを踊っているときも君を裸にしてこうすることを想像していたんだよ」

「な……！」

　ジョエレの淫らな言葉にシャルロットはカッと頭に血が上ってしまう。

　シャルロットだってぼんやりと考えごとをしているときや、ひとりでベッドに横たわったときなどふとした瞬間にジョエレに抱かれた夜のことを思い出すことはあるが、そんな想像をしたことはない。

　強いて言えば初めてのことばかりで覚えていないから記憶を呼び起こしているという方が正しい。

　ふたりで見つめ合って踊っていたあの瞬間、本当にそんなことを考えていたのだろうか。もしそうだとしたら次にジョエレの腕に抱かれて踊るとき、無心にダンスを楽しむことなどできなくなってしまう。

　きっと今夜のことを思い出してしまうからだ。

「早く……こうしたくてたまらなかった」

　ジョエレは耳に唇が触れる距離で呟くと、さらに抽送の速度をあげた。

「あっ……やっ、だめ……あああっ……」

一際クチュクチュという水音が大きくなって、シャルロットは感極まって泣きながら達してしまった。

「っはぁ……はぁ……」

足の間からジョエレがずるりと濡れた指を引き抜くと、栓のなくなったそこからトロトロと愛蜜が溢れ落ちる。内股を濡らしていたそれは、今や膝にまで伝い落ちるほどだ。

シャルロットはなんとか堪えていた足にも力が入らなくなり、とうとうその場に頽《くずお》れてしまった。

「シャーリー」

力強い腕にもう一度腰を引き上げられるけれど、身体に力が入らない。

「や……ま、まって……」

「無理」

今までシャルロットのお願いならなんでも聞いてくれていたジョエレからの拒絶の言葉に驚いている間にも突き出したお尻の間に雄芯を擦りつけられる。

「んっ……！」

太ももや濡れた花びらに擦りつけられる雄の質量にドキリとする。初めての夜は次から次へ快感を味わわされあまり記憶にないが、こんなにも硬く、そして太さのあるものだっただろうか。

「あ、あ……ん、や……ぁ……」

ジョエレが腰を揺らすたびに愛蜜にまみれてヌルヌルと動く雄竿は、まるで生きものみたいだ。

「シャーリー、少しだけ……我慢して」

「……っ」

白い双丘と太ももをさらに大きく開かされ、剝き出しになった蜜孔に雄の先端が押しつけられる。

「やぁ……」

ぬるりと先端が隘路に滑り込んだかと思うと、ジョエレがグッと腰を押しつけてきて、一気に雄竿が膣洞を埋め尽くした。

「ひぁッ……！」

無理矢理身体を押し広げられる圧迫感に背を反らせるが、すぐにジョエレの大きな身体に押さえつけられてしまう。すぐに雄竿が引き抜かれ、息つく暇もなく再び深々と胎内に押し込められる。

「あ、あぁ……ふぁっ、や、あぁ……っ……」

うつ伏せで白い双丘に何度も硬い腰を押しつけられ、肌がぶつかり合うたびにパンパンと乾いた音が響く。合間に聞こえるのは濡れそぼった粘膜同士が擦れ合うグチュグチュという水音とシャルロットの喘ぎ声だ。

「んぅ……あ、や……んんっ……はぁっ……」

狭い膣洞いっぱいに肉棒が何度もねじ込まれているというのに、シャルロットの身体は愉悦に震えている。

こんなふうに後ろからされるのは不安でたまらない。それなのに触れられるたびにはしたない声をあげて秘処を淫らに濡らしている自分を見てジョエレがどう思っているのか、表情を窺うこともできないのだ。

「や、あ、あぁ……っ、ん、や……あぁぁ……ん！」

なんとか堪えていた膝に力が入らなくなり、少しずつジョエレに押し潰されるように腰が落ちていく。そのたびに強い力で腰を引き上げられ、シャルロットは何度も強い快感を与えられた。

気づくと涙が溢れてきたけれど、背後からシャルロットを攻め立てるジョエレに気づかれることはない。

「はぁ……シャーリー……」

名前を呼ぶ声は息が乱れていて、彼の身体も高ぶっているのが伝わってくる。どんな顔をしているのか確かめたい。しかし唇から漏れるのは言葉ではなく嬌声だけだった。

「あぁっ……あ、あぁ……い、やぁ……っ……」

お腹の奥が熱くてたまらない。太ももがブルブルと痙攣して早くこの強い快感から解放されたくてたまらなかった。

「や、ジョエ、レ……たすけ、て……」

きっとジョエレなら助けてくれる。そう口にしたシャルロットの言葉は聞き届けられず、膣洞を抉る雄芯の動きがさらに激しくなる。

背後から乱暴に突き回されて、シャルロットの身体は無理矢理高みへと押し上げられていた。

「あ、あ、あ、ああっ‼」

シャルロットは堪えきれず一際大きな声をあげて快感に身体を震わせた。ガクガクと膝は震えて、自分の身体なのに自分で制御することができない。

ジョエレはそんなシャルロットのお尻にピッタリと腰を押しつける。まるで愉悦にうねる膣洞を肉竿で味わっているみたいだ。

シャルロットは今度こそ脱力してぐったりとその場に頽れる。すーっと後頭部の方から眠気が襲ってきてシャルロットが意識を飛ばしかけたときだった。

蜜孔からずるりと肉竿が引き抜かれたかと思うと身体が反転させられて、今度は仰向けに寝かされる。驚いてうっすらと目を開くと、ジョエレが萎える気配のない肉竿を再びシャルロットの中に押し込もうとしていた。

「や、も……だ、め……」

とっさに唇から漏れたのは拒絶だったが、ジョエレはもちろんそんなのはお構いなしでシャルロットの両足首を摑むと、赤い口を広げた蜜壺にそそり立つ雄芯をねじ込んだ。

「ひぁあっ！」

最奥まで肉竿を押し込まれたとたんお腹がふるふると痙攣し始める。まだ達したばかりの余韻が身体に残っているのか、先ほどから快感がずっと続いているみたいだ。

その感覚を裏付けるようにジョエレがシャルロットの顔を見下ろして言った。

「シャーリー、胎内がずっとヒクヒクしてる。そんなに気持ちがいい？」

そう言いながら大きな手が太ももや腰回りをいやらしい手つきで撫で回す。

身体は驚くほど敏感になっていて、素肌を熱い指で触れられるだけで肌が粟立ってしまう。それなのにさらにまだヒクヒクと震え続ける膣洞に肉竿を挿入されリネンの上で身悶えることしかできない。

足がつま先まで震えているシャルロットの姿に、ジョエレの唇に満足げな笑みが浮かぶ。

「挿れただけなのにもう気持ちよくなったの？」

その声は少し掠れているけれど嬉しそうで、感じ入っていることに気づかれているのが恥ずかしくてたまらなかった。

「ちが……」

　首を振り否定しても、先ほどから何度も喘ぎ声をあげ身体を震わせていては信憑性《しんぴょうせい》がない。

「違わないだろ？　シャーリーの胎内がうねって僕に絡みついてきてる。一滴残らず僕の体液を欲しているみたいじゃないか。そんなに僕に孕《はら》ませて欲しいの？」

「……っ！」

　ジョエレはギョッとするようなことをさらりと口にすると、シャルロットの両足を抱え上げ、返事も待たずにさらに深く自身の一部をシャルロットの蜜壺に押し込んだ。

「ひあっ‼」

　いきなり肉棒を最奥にねじ込まれ、強い刺激にシャルロットの目の前に星が散る。目を閉じても眼裏にもチカチカと星が光るのだ。

　これ以上されたら本当にどうにかなってしまう。シャルロットは懇願するようにジョエレを見上げた。

「おねが、い……も、ムリ……だから……」

「まだだよ。僕が満足するまでシャーリーには頑張ってもらわないとね。これも妻の務めだろう？」

　まだ妻じゃない。もちろんそんないいわけが彼に通用するわけもなく、ジョエレはシャルロットの菫色の瞳を見つめながら、ゆっくりと腰を引く。

雄芯を蜜口のギリギリまで引き抜いて一瞬動きを止めると、唇を歪めてシャルロットの一番深いところを強く突き上げた。

「ああっ‼」

ずんと鈍い痛みにも似た力で最奥を突き上げられ再び目の前に星が飛び散る。もう終わりにして欲しいという意思に反して、狭い膣洞が震えてジョエレの肉竿をギュッと強く締めつけてしまう。

「……くっ……」

ジョエレが小さく息を詰める気配がしたけれど、律動がさらに激しくなった。碧い瞳はシャルロットを見下ろし、身悶える姿をジッと見つめている。

「あ、あ……やぁ、み、ないで……」

先ほどのように獣の交尾みたいに抱かれたり、こうして裸で彼の前に横たわるのもすべてが恥ずかしくてたまらない。

こんなことを毎晩くり返していたら、きっと結婚式よりも早くシャルロットの身体の中にはジョエレの子種が植えつけられてしまうだろう。

何度も太い雄竿が薄い粘膜に擦りつけられ、最奥を突き回される。もうこれ以上耐えられないと思うのに、シャルロットの膣肉は淫らにうねってジョエレの雄に絡みつく。

「はぁ……あぁ……んぅ、あ、はぁ……っ……」

あまりに喘ぎすぎて呼吸がうまくできない。それなのに律動はさらに激しくなり、感じすぎてしまったのかシャルロットは次第に意識が朦朧《もうろう》としてきてしまう。

「あ、ん……ふぁ、はぁ……あ、あぁ……っ」

シャルロットの喘ぎに応えるように何度も奥を突き回されて、身体が熱くてたまらない。お腹の奥で感じていた熱が今は全身に広がっていて、自分の熱で身体が溶けてなくなってしまいそうな気がした。

「……ジョエ、レ……っ……」

シャルロットはか細い声で呟いてジョエレに向かって手を伸ばす。消えてしまわないように抱きしめていて欲しかった。

「はぁ……こわい、の……、ギュ、て……して……」

なんとか言葉を紡ぐと、シャルロットを見つめていたジョエレの碧い瞳が揺れる。次の瞬間ジョエレはシャルロットに覆い被さり、白い肢体を力強く抱きしめていた。

「はぁ……ん！」

敏感になった身体は素肌が触れあうだけで反応してしまう。熱くてたまらないのに、ジョエレの体重の重みが心地いい。

細い腕をジョエレの背中に回すと、耳元で掠れた声がした。

「……シャーリー……もう、絶対に離さない……！」

いつもの落ち着いたジョエレとは違い切羽詰まっているようで、ジョエレは再びなにかに追い立てられるように腰を揺らし始めた。

「あっ、あぁ……はぁ、ん……あ、あ……っ」

ふたりが深く繋がった場所はもう愛蜜で濡れそぼっていて、グチュグチュと卑猥な音をさせる。しかしそのおかげで雄竿がスムーズに抽送され、シャルロットは初めての夜のような痛みはまったく感じていなかった。

むしろジョエレに突かれれば突かれるほど愉悦を感じてしまって、気づくとすっかり行為に夢中になっている自分がいる。

「シャーリー……はぁ、愛して、る……」

深く胸に掻き抱かれ、隘路を何度も突き回される。シャルロットはもうなにも考えられず、与えられる快感のことしか考えられなくなっていた。

こんなにも感じてしまっている自分を見て、ジョエレはどう思うだろうという少女のような思いがわずかに浮かんだが、次々に襲ってくる悦楽に塗り込められていく。

もう何度も経験した身体の高ぶり。もう十分感じているのに、さらなる高みが近づいてくるのがわかる。もうこれ以上は耐えられそうにない。

「も、だめ……あ、あ、あ、あぁ……！」

喘ぎすぎてか細くなったシャルロットの声に応えるようにジョエレが一際強く最奥を突き上げた。次の瞬間シャルロットの胎内で熱いものが迸《ほとばし》る。

「あ、あ、あ……」

抱きしめていたジョエレの背中がブルリと大きく震えて、熱い飛沫《しぶき》が胎内に注ぎ込まれていくのがわかる。ジョエレは名残のように二、三度腰を振ると、そのままシャルロットを押し潰すように頽れてきた。

「はぁ……」

そう甘い吐息を漏らしたのは自分なのか、それともジョエレだったのか。突然嵐が去って意識が遠のいていく。

シャルロットはまだ胎内で震えるジョエレを感じながらゆっくりと意識を手放した。


翌日から本格的に結婚式の準備が始まったが、シャルロットはすぐに遠慮せずに口を出していくことに決めた。

最初は大人しくジョエレが勧める通りにドレスの採寸や試着に応じ、その他結婚式に伴う行事の説明に耳を傾けていたのだが、次第に出費の多さが気になってしまい、口を出さずにはいられなくなってしまったのだ。

ウエディングドレスや夜会服、謁見のための服と王太子妃としての体裁を整えるためにドレスを仕立てるのは仕方ないと譲歩したが、その量がおかしいのだ。

例えば結婚式は一回限りなのに、ジョエレは予備も含めて数着仕立てた方がいいというし、夜会服に至ってはジョエレが次々と選んでいくので数十着単位で増えていく。

「ちょっと待ってちょうだい。いったいあなたは何人の花嫁を迎えるつもりなの？」

「シャーリーはまだ僕と他の令嬢たちとのことを疑っているの？　愛しているのは君だけだって何度も言っているじゃないか」

侍女やお針子、その他結婚式の準備の責任者たちまで集まった中でジョエレは当たり前のようにそう口にした。シャルロットはみんなの視線が恥ずかしくてたまらなかったが、ここで口を噤んでしまったら大変なことになる。

「ではどうしてウエディングドレスを何着も仕立てなければいけないの？　あなたがたくさんの花嫁と結婚する気がないというのなら、私にはウエディングドレスは一着あれば十分だと思うけれど」

「それは万が一のためだよ。例えば不慮の事故が起きてドレスが汚れてしまって着られなくなるかもしれない。それに君が当日突然気が変わって違うドレスの方がよかったと言い出して結婚式が中止になったら困るだろう？　念には念を入れておかないとね」

あまりにもくだらないジョエレの言い分に、シャルロットは深い溜息をついた。

「私はドレスを汚したりしないし、突然気が変わったりもしません。ですからウエディングドレスは一着だけで十分です。それにどうして夜会服を何十着も仕立てる必要があるの？」

「だってしばらくは夜会が続くし、他国からの招待客や使者を招いて晩餐会を開く機会も多いだろう？　すぐに着られるものがなくなってしまうからね」

つまりは一度着た夜会服に、二度と出番がないと言いたいのだろうか？　呆れて言葉が出ないとはこのことだ。

あまり裕福でない公爵家で育った自分の金銭感覚を王家に合わせていこうと努力していたが、さすがにこれはやりすぎだ。

このまま頭を抱えていたい気分だったが、それではいつまでたってもジョエレの無駄遣いは収まらないだろう。シャルロットは心を決めて顔をあげると、お針子の責任者をしている女性を手招きした。

「お手を煩わせてしまい申し訳ないのだけれど、ウエディングドレスは先ほど試着した一枚だけで結構よ。夜会服も半分の量の注文に減らします。その代わりにアレンジをするための飾りやアクセサリーを作ってちょうだい。ああ、侍女たちが扱えるように仕様書を添えてくれたら嬉しいわ」

「シャーリー、さすがに半分は減らしすぎだ。それに君にはいつでも新しい装いを身に着けて欲しいんだ」

「まったく。いい加減にしてちょうだい。このことに関して私が倹約家だから云々の話は聞きませんから。ましてや仕立屋やお針子たちのためだなんて言わないでね？　それ以外のドレスもたくさん仕立てるのだから彼女たちが生活に困ることはないでしょう？　それに彼女たちが丹精込めて作ってくれたドレスを着ないとか一度きりでお払い箱にするなんてことをした方がよっぽど失礼よ。だったらその仕立てにかかるお金を使って国民にプレゼントをした方がよっぽど有益だわ」

シャルロットの言葉を聞いていた責任者の女性が頷くのを見て、シャルロットはホッと胸を撫で下ろした。もしかしたら注文の量が多すぎて、仕立てが間に合うか彼女も心配だったのかもしれない。

「プレゼント？」

「そうよ。そもそも王家の収入の一部は国民の納める税金でしょう？　せっかくの祝い事なのだから彼らにその税金を還元するの。特別な給付金を配るとか、王都の庭園を開放してパーティーを開くとか。子どもから大人まで誰でも自由に出入りさせて食事を振る舞うとか。それなら貧しい人たちにも気軽に感謝の気持ちを伝えることができるわ」

ジョエレは最初呆気にとられてシャルロットの話を聞いていたけれど、最後は仕方なさそうに頷いた。

「でもパレードは譲れないよ。僕のシャーリーをやっとみんなにお披露目できる機会なんだ」

「ではみんながお祝いに参加できるように、普段着で参加するように義務づけてちょうだい。以前に陛下のご成婚パレードが開かれたときは、参加者は平民でも正装を促されたと聞いたわ。でも市井ですぐに正装を準備できるほど裕福な人は少ないでしょう。私はせっかくパレードをするのならみんなにお祝いしてもらいたいの。そうだわ！　私たちの乗る馬車の後ろを大きな荷台のついた馬車に追わせて、そこからみんなにお菓子を撒《ま》くのはどう？　きっと子どもたちが大喜びするわ！」

「……」

パッと思いついたことをあれこれ口にしてしまったけれど、ジョエレがなにも言わないことに気づき我に返る。

さすがにお菓子を撒くなんて王族の結婚式に相応しくなかったかもしれない。そもそもいくら王太子妃だとしても、国の決まり事や行事にここまで口を出してはいけなかったのではないだろうか。

「あ、あの……これは例えばの話で、こうしたらいいんじゃないかって、少し思っただけだから！」

父や兄、ベルジェ家の使用人たちならシャルロットのこういった思いつきにも耳を傾けてくれたが、さすがに王城ではそういうわけにはいかない。シャルロットが自分の浅はかさに羞恥を覚えたときだった。

「なるほどね。人を喜ばせるのが大好きな君らしい考えだ」

　ずっと黙っていたジョエレが感心したように何度も頷いた。

「シャーリーの言う通りだ。確かに着飾った王族が馬車で通り抜けても民たちになんの恩恵もないし、祝うことを強要したくない。平服でというのなら布令《ふれ》を出せばいいだけだし、菓子の手配なら厨房に頼めばいいのだから簡単だ。どうだ、かまわないだろう？」

　最後の言葉は式典の説明を任されていた大臣に向けられていた。

「かしこまりました。それなら式典の流れを大きく変えることもありませんし、すぐに手配いたします。シャルロット様はお菓子の種類などなにかご希望はございますか？」

　まさか自分の思いつきが即座に採用されると思っていなかったシャルロットは戸惑いながら口を開く。

「せっかくなら普段あまり口にできないようなバターや砂糖を贅沢に使ったクッキーなんてどうかしら」

　あまり裕福でない公爵家でもバターや砂糖は貴重で、シャルロットの作ったクッキーやビスケットを、領民たちはとても喜んでくれた。きっとそれは王都の人々も同じのはずだ。

「小分けにラッピングして色とりどりのリボンをつけたら、きっとみんな喜ぶと思うの。

ああ、チョコレートなんかも特別感があると思うわ」

色とりどりのリボンで飾られたお菓子が空から降ってきたら子どもたちはどんなに喜ぶだろう。シャルロットは自分が子どものときだったら大喜びでお菓子に飛びついただろうと想像してしまい笑いがこみ上げてくる。

するとジョエレも笑みを浮かべて、お茶と一緒に並べられていた菓子の皿に手を伸ばす。

「チョコレートは君の大好物だ」

そう言うとテーブルのチョコレートをひとつ取り、長い指でシャルロットの唇に押し込んだ。

「んぅ」

口の中に入ったとたんチョコレートはシャルロットの体温でとろりと溶け出し、口の中いっぱいに香しいチョコレートが広がる。

「どう?」

チョコレートの美味しさに自然と唇が緩んでしまい、シャルロットはジョエレににっこりと微笑みかけた。

「美味しい」

「うん」

するとジョエレは満足げに頷き、あろうことか大臣や侍女たちの目の前でシャルロットの唇にチュッと音を立ててキスをした。

「……っ‼　ジョ、ジョエレ……⁉」

　人前でキスをされたことで顔を真っ赤にして震えるシャルロットの前で、

「チョコレートがついていたんだ」

　ジョエレは涼しい顔でそう言ってのけた。

　恥ずかしさのあまり両手で頬を押さえて周りに視線を向けると、みんな視線をそらすどころかふたりのやりとりをニコニコと見守っている。

　せめて見なかったことにして欲しいのにと思いながら、シャルロットはジョエレを恨めしげに見つめることしかできなかった。

　ジョエレはそんなシャルロットの視線などものともせず結婚式の責任者である大臣たちにあれこれ指示を出す。

「馬車は無蓋のものを花で飾り付けよう。シャーリーのイメージなら淡いピンクや柔らかな黄色、それにグリーンも必要だな」

　大臣はジョエレの指示に頷きながら手元の紙にペンを走らせる。

「そうだ。どうせなら菓子の注文は王城の厨房ではなく街の菓子店にしよう。それもなるべくたくさんの店に満遍なく。材料費は惜しまないからシャーリーの提案通りバターや砂糖をたっぷり使うようにと伝えるんだ。それを買い上げれば商店にも還元することができるだろう？」

「素晴らしいわ」

きまぐれな思いつきもジョエレの手にかかれば国事に相応しい催し物のひとつにできあがっていく。

シャルロットに質問をしては、新たな言葉に代えて指示をするジョエレは頼もしい。それにこうして言葉を交わしながらふたりで結婚式を作り上げるのは、これからジョエレと本当に結婚するのだと自覚させられる。

そんなふたりのやりとりに耳を傾けていた大臣のひとりが溜息交じりに言った。

「それにしてもさすがは王太子殿下が大切にされてご成長をお待ちになっていた方だけありますね。大変美しくていらっしゃるのにそれ以上に聡明《そうめい》で、今から国民の様子などにもしっかり目を配っていらっしゃる」

「本当ですね。うちの娘など自分が着飾ることしか考えていませんよ。この生活が当たり前だと思っていて、誰かのために自分ができることなど考えたこともないでしょう。いやうちの娘など王太子妃となられる方と比べては失礼でしたな」

大臣はそう言って苦笑いを浮かべたけれど、彼の娘こそジョエレに相応しい感覚の持ち主なのではないかと思った。

ベルジェ家があまり裕福ではない、つまりは貧乏だったから学んだことばかりで王家としてはそんな感覚を求めていない気がしたので、シャルロットは控えめに微笑んで誤魔化すことにした。

それにしても本当に自分以外の誰もがジョエレの婚約者であることを知っていたなんて不思議な気分だ。

「やっぱりおかしいわ」

「なにが？」

「だって私以外の誰もが私たちの婚約を知っていたのに、張本人である私だけがなにも知らされていなかったなんて」

シャルロットは恨みがましい眼差しでジョエレを見つめた。

「仕方ないだろ。いつまでもみんなに隠していたら君に目をつける他の貴族令息が出てくるかもしれないじゃないか。君が他の男に興味を持つという可能性もあるしね。僕は毎週君を訪ねて、君が僕以外の男と出会っていないか確かめる必要があったんだ。まあ年頃の令息を持つ貴族には最初から釘を刺しておいたけどね」

「はぁ……私が王城に婚活に来る意味なんて最初からなかったじゃないの」

「意味はあるよ。僕が君を口説く時間を作ることができたんだから」

「……っ！」

「シャルロット、出会ったときから僕は君を妻にすると決めていたんだ。僕と結婚してくれるね？」

またジョエレの口車に乗せられている。シャルロットは少しの反抗心から上目遣いでジョエレを見つめた。

「い、嫌だと言ったら？」

ジョエレの気持ちは女心を操るけれど、こんなだまし討ちのようなことは許せないという気持ちもある。

勘違いして一生懸命男性の気を引こうとするシャルロットを、彼は面白がって見ていたのだ。そう思うと今すぐこの場から立ち去って彼とは二度と会わずにいたいとすら考えてしまう。

もちろんすっかりジョエレのことを好きになってしまった自分にはできないことだともわかっているけれど。

「もし嫌だというのならシャーリーがうんと言うまで寝室に閉じ込めるしかないかな」

「え？」

「大丈夫。ひとりになんてしないよ。僕も一緒だ」

つまり……そういう意味だ。結婚したら男女の間に起こることをすでに体験させられてしまったシャルロットは赤くなるしかない。

「もう！　くだらないことばかり言わないでちょうだい！　さあ、おしゃべりはやめにして、次は披露宴のお料理について話し合いましょう！」

強引に話題を変えたシャルロットにジョエレはなにも言わずニヤニヤと思わせぶりな笑みを浮かべた。

こんなふうに短い期間ながら話し合いを重ねて結婚式を行うことになったのだが、結果的にシャルロットは国民のことを考える素晴らしい王太子妃であると世間に広まることになった。

王城の奥まった場所で交わされた会話がなぜ外に出たのか不思議なところだが、シャルロットはエレノアの仕業ではないかと思っていた。

実は結婚式の準備にはエレノアにも付き合ってもらっていて、ドレスのことや披露宴、夜会のもてなしについて助言をもらっていたからだ。

あの場にいた侍女やお針子たちを除けば、この話を外に出すことができるのはエレノアしかいない。

王城に出入りする使用人たちは、決して自分が仕える主についての情報を外に出したりしないよう躾《しつ》けられている。外に情報を出し取引などしないよう身元のしっかりした人間しか雇われていないし、万が一のための予防線がたくさん張り巡らされていると聞いている。

侍女たちは世間のシャルロットを褒める噂を聞き手放しで喜んでいて、その様子を見てもこの話に関与しているようには見えないし、噂話は貴族たちの間から少しずつ広まってきている。

そうなると社交界に精通していて噂の使い方を一番わかっていそうなエレノアが話の主ということになるのだ。

エレノアはシャルロットに社交の助言をして欲しいと頼まれたとき、少なからず意外そうな顔をした。

あとでエレノアともう少し腹を割って話せるようになってから聞いた話によると、茶会での出来事があったから、自分はシャルロットから嫌厭《けんえん》されると思ったらしい。

シャルロット自身はそんなことを考えてもいなかったが、今回の噂話は彼女なりの好意の表れで、シャルロットを王太子妃としてもり立ててくれようとしているのではないかと考えた。

彼女にはシャルロットが貧乏くさいとか、庶民的すぎて王族に相応しい威厳がないなど不利な噂を流すこともできたのだ。しかし聞こえてきたのはシャルロットに対して好意的なものばかりで、ジョエレの意思が働いていないのだとしたらあとはエレノアしか思い当たらない。

結婚式まであと数日となったある日、シャルロットの教育係兼話し相手として王城に来ていたエレノアとのお茶の時間に思いきって尋ねてみた。

「エレノア様、最近市井でも私と殿下の結婚式のことが話題になっているそうですの。お聞きになりましたか？」

　どんな反応をするのかとこっそり様子を窺っていたけれど、エレノアは顔色ひとつ変えずカップを手に取り、たっぷりと紅茶の香りを吸い込むようにして口をつけると、ゆっくりとそれをテーブルに戻した。

「私、市井のことはまったく存じませんのよ。どんな噂ですの？」

　その様子は余裕たっぷりで、むしろ彼女がそれを装っているのだとシャルロットはひとり確信した。

「私が人目に触れないように大切に隠されていた深窓の令嬢とか、貴族にしては珍しく市井のことをよく知っている、経済観念がしっかりした娘だとか」

「それではあまり褒め言葉にも聞こえませんわね」

　エレノアが澄ました顔で言うので、シャルロットは緩んでしまいそうになる唇を引き締めるのに必死だ。

「そうね。でも悪い評判ではないみたい。それに、噂を流した人は貴族のようなの」

「……え？」

　ずっと落ち着いた顔をしていたエレノアは初めてわずかに動揺を示した。

「侍女たちの話だと、最初の噂の出所は貴族の屋敷で開かれた夜会の席だったらしいわ。

あのとき部屋にいたのは侍女が数人とお針子たち、あとは大臣の皆さんぐらいでしょう？　でも侍女やお針子たちは貴族の夜会になど出席できないし、噂を流した人はわりと限られた人だと思うの」

「……」

エレノアが再びカップに手を伸ばしたのを見て、シャルロットは思いついたように両手をポンと叩いた。

「ああ、そういえばあのときはエレノア様もいらっしゃったわね」

「……っ！」

次の瞬間エレノアの手の中でカップとソーサーがぶつかりカシャンと派手な音を立てた。

「シャルロット様！　いい加減になさってくださいませ！」

うっすらと頬をピンク色に染めたエレノアを見て、彼女でもこんな顔をするのだと、シャルロットはとうとう笑い出してしまった。

「どうしてそんなに怒ったりなさるの？　私はただ噂の主が誰か」

「ですからそれをおやめになってください！　ま、まるで私が噂の主のような言い方ではありませんか」

エレノアはどうしても認めるつもりはないらしいが、明らかにその声は狼狽えている。いつものシャルロットならさらに追及して話を聞き出すところだが、いつも落ち着いていてたいしたことでは動じることのないエレノアが動揺しているのを見て諦めた。

というか別にエレノアを罰するとか怒るつもりもなかったたし、エレノアにもこんな一面があるのだとわかっただけで十分だったからだ。できればどうしてわざわざ好意的な言い方をしてくれたのかは聞いてみたかったが、きっともっと親しくなったとき彼女の方から打ち明けてくれるような気がした。


結婚式当日は快晴だった。抜けるように青い空には雲ひとつなく、日差しは強すぎもせず柔らかで、心地よいそよ風すら吹いていて、まさに結婚式日和だ。

王都の中心に位置する大聖堂の周りにはたくさんの民衆が集まっていて、王太子と新たに生まれる王太子妃が扉の向こうから姿を見せるのを今か今かと待ち構えている。

大聖堂の外がそんなことになっていることを知らないシャルロットは今まさに大聖堂の聖なる木、十字架の下でジョエレと永遠の愛を誓っていた。

「汝《なんじ》、この男、ジョエレ・ランブランと生涯を共にすることを誓いますか」

老齢の司祭に問いかけられて、シャルロットは横目でチラリとジョエレを窺った。

子どもの頃から見慣れているはずの横顔が、今日はいつもより緊張しているように見える。いつの間にか大人の男性に変わっているけれど、その唇や目元には幼い頃の面影があって、こんな場所に立っているというのにそれがシャルロットを安心させた。

兄のように慕っていたジョエレとこんなふうに恋に落ちて結婚することになるなんて、少し前なら考えたこともなかったので不思議な気分だ。改めて誓いの言葉を問われなくても、彼に自分の人生を捧げ添い遂げようとすでにシャルロットの心は決まっていた。

これまでは与えられるだけだったけれど、これからは彼に自分のすべてを分け与えて彼に愛情を注いでいきたい。その決意も込めてシャルロットは口を開いた。

「はい。誓います」

しんと静まりかえった大聖堂にシャルロットの声が響く。隣でジョエレが小さく息を吐く気配がしたけれどそれを確認するより早く司祭が大きな声で告げた。

「双方結婚の意思に相違ないことを確認しました。この大聖堂に集った皆さんが証人です。この結婚に異議を唱える者は迷わず神の前に進み出てください」

聖堂内は相変わらずしんと静まりかえっていて、誰も口を開こうとしない。司祭はたっぷりと時間をかけて聖堂内に視線を巡らす。その先には最前列に座る父と兄の姿もある。ずっと大切に愛情をかけて育ててくれた父の姿を見たとたん、シャルロットの目に熱いものがこみ上げてきた。

司祭は最後にもう一度ジョエレとシャルロットを見つめた。

「今このときよりふたりを夫婦と認めます。ふたりの新たな門出となる今日の日に神の祝福を」

司祭の厳かな言葉はシャルロットの胸に深く響いて、感極まってこれ以上涙を堪えることができなかった。

「では誓いの口付けを」

そう促されジョエレに口付けられたときには、小さな滴がシャルロットの頬を転がった。

ジョエレと共に大聖堂の外に出たとたん、シャルロットは驚きと新たな喜びで目を見開くことになった。

すでに待ちに待っていた観衆たちがふたりを大歓声で出迎えたのだ。

「すごい……こんなにたくさんの人が？」

「ああ、みんな君を見るために、君と僕の結婚を祝うために集まってくれたんだ」

大聖堂の前にはすでに花で飾られた無蓋の馬車が準備されていて、シャルロットは大歓声の中夢見心地で馬車に乗りこんだ。

ふたりの馬車が出発すると、すぐそのあとにはシャルロットが提案したたくさんの菓子が積まれた馬車が数台続く。そして予定通り馬車の上からは色とりどりの紙とリボンに包まれた菓子が群衆に向かって投げられた。

実はあのあとジョエレの提案で、菓子の包みとは別に金貨を包んだものを交ぜて一緒に撒くことになった。この大盤振る舞いはあとになっても国民たちの間ではよく話題になり、それがシャルロットの人気を盤石にする一因となった。

金貨に関してはジョエレの提案なのに、最初にエレノアから広がった噂のおかげですべてがシャルロットの手柄となり、王都の人々はこのパレードですっかりシャルロットの美しさと賢さの虜《とりこ》になった。

「王太子殿下！　妃殿下！　おめでとうございます！」

「ランブラン王国万歳‼」

「シャルロット様、おめでとうございます！」

「王太子妃様！　おめでとうございます」

歓声をあげる人々は口々にシャルロットに向かって声をあげ手を振る。

「まったく。僕より歓声がすごいじゃないか。みんなシャーリーを見に来たようだ」

ジョエレがシャルロットに聞こえるように耳に唇を寄せて言った。

「そんな……あなたの結婚だからみんながお祝いしてくれているのよ」

「そんなに気を遣ってくれなくていいよ。結婚式の主役はいつの時代も女性だ。しかも今日の君は一段と綺麗だからみんなが熱心に君を見つめるのも仕方がない。それに」

ジョエレがなにか言いかけて顔をあげる。シャルロットもつられて見上げると、空からたくさんの花びらが舞い落ちてきた。

「まあ！」

そこはちょうど王都でも商業の中心となる目抜き通りで高い建物が多く並んでいて、ど

うやら花びらはその建物の上から撒かれているようだ。その証拠に窓から白い手や頭がチラチラと見えていて、そこから花びらが溢れ出しているように見える。

「これ、ジョエレが？」

シャルロットは思わず舞い落ちてくる花びらに手を伸ばす。

「いや、僕は手配してない。街の人たちが自分たちで考えて君のために演出してくれているんだろう。ほら手を振ってあげるといい」

まだ何者かもわからない自分のためにこの花びらを準備してくれたのだと思うと、それだけで胸がいっぱいになる。そしてそれと共に自分には大きな責任があるのだと改めて自覚させられた。

「あのね！　ジョエレ！」

一段と大きな歓声に包まれていたので、シャルロットは負けないように大きな声で叫んだ。それでもよく聞こえないのか、ジョエレはシャルロットの唇に自分の耳を近づけた。

「なに？」

「私、今とっても幸せなの！」

今度は聞き取れたのか、ジョエレが頷いた。

「あなたのおかげよ。私、あなたのことを心から愛しているわ！」

ジョエレがハッとして目を見開き、それから真顔でシャルロットを見つめた。

「シャーリー」

口の形はそう動いていたけれど、歓声にかき消されて声は聞こえない。シャルロットがわずかに肩を竦めると、ジョエレは唇を緩めて小さな笑みを浮かべる。

そして次の瞬間シャルロットの身体を引き寄せると、あろうことか群衆の前で口付けてきた。するとこれ以上ないと思っていた歓声がさらに大きくなる。

人前で、それも大観衆の目の前で口付けられた驚きと歓声のせいで、頭の中でわんわんとなにかが鳴り響いている。こんなにたくさんの人の前で口付けられるのは恥ずかしかったけれど、これも誓いのキスだと思えばみんなの前で永遠の愛を誓うのだと思うことにして、シャルロットは大人しくされるがままになっていた。

それに気を良くしたのかジョエレのキスはいつまでも続いて語り草になるのだが、それはまだ先の話だ。

いつまでも愛を誓いあうふたりの上には、色鮮やかな花びらが降り注いでいた。

あとがき

こんにちは、水城のあです。お久しぶりの方も初めましての方も、このたびは拙作をお手にとっていただいてありがとうございます！
結婚に夢を抱かない倹約家ヒロインと、尽くしていれば自分のことをきっと好きになってくれるというお花畑ヒーローのカップリングでした（ヒドイ）
うちの作品は総じてヒーロー→ヒロインという一方通行が多いのですが、ジョエレはその中でもあまり強く出られない可哀想ヒーローだったかもしれない（笑）

実は執筆中にオスカルとエレノアが出会ったらどうなるだろうとか考えていたんですが、オスカルは女の子に興味ないからダメかな？

そうなるとエレノア→オスカル？　作中ではふたりが出会っている描写はないのですが、仲良くなったシャルロットとエレノアなら近いうちに接触の機会があるはずなので、頑張れシスコンお兄様！　オスカルにはいいお嫁さんが見つかって欲しいなあ。

さて、カバーイラストと挿絵は夜咲《やざき》こん先生に描いていただきました。

腕まくりしたジョエレの腕！　セクシーすぎますね！　ありがとうございました‼


編集のHさま。いつもいつも本当にすみません。この作品は本当に仕上がらないんじゃないかというぐらいご迷惑をおかけしました。

無事に発刊できることになり感謝しかありません。毎回言っている気がしますが、次回は頑張ります‼


最後にこの本を手に取ってくださった読者の皆様。

SNSでお声をかけてくださる方や感想を書いてくださる方、いつも本当に感謝しております。

これからも楽しんでいただける作品を作っていけたらいいな～と思っているので、引きつづき応援よろしくお願いいたします。

水城のあ

策士な王太子の溺愛包囲網
～婚活中の公爵令嬢は逃げられません！～ Vanilla文庫

2023年9月20日　第1刷発行　定価はカバーに表示してあります

著　者　水城のあ　©NOA MIZUKI 2023
装　画　夜咲こん
発行人　鈴木幸辰
発行所　株式会社ハーパーコリンズ・ジャパン
東京都千代田区大手町1-5-1
電話 03-6269-2883（営業）
0570-008091（読者サービス係）
印刷・製本　中央精版印刷株式会社

Printed in Japan ©K.K. HarperCollins Japan 2023 ISBN978-4-596-52554-3